Zwiesprache

Silvia Falk

Zwiesprache

dichte Geschichten

Bibliografische Informationen der Deutschen Nationalbibliothek: Die Deutsche Nationalbibliothek verzeichnet diese Publikation in der Deutschen Nationalbibliografie; detaillierte bibliografische Daten sind im Internet über https://dnb.dnb.de abrufbar.

Lektorat: Katharina Maier, www.katharina-maier.de
Kontrolllektüre: Silvia Maria Frey
Gestaltung: Lisa Miller

Verlag: BoD · Books on Demand GmbH,
In de Tarpen 42, 22848 Norderstedt, bod@bod.de

Druck: Libri Plureos GmbH,
Friedensallee 273, 22763 Hamburg

ISBN: 978-3-8448-1245-9

Mit Dank für R.

VORWORT

Parole parole …

So sangen im Jahr 1972 die italienischen Künstler Mina und Alberto Lupo im Duett. Und Worte, unzählige Worte sind es, die durch meine Gedanken schwirren, sich aneinander reiben und nach einem Anknüpfungspunkt suchen, dem Kern meiner Geschichten. Das kann zum Beispiel ein Stichwort oder eine Schreibanregung sein. Ein Wort, ein Satz, ein Gedicht usw. und schon finden die suchenden Worte einen Punkt zum Andocken. Solchermaßen und mit einer Idee dahinter beginnt mein Text, wächst weiter wie eine der Schneekugeln, die einen Schneemann bilden sollen. Immer mehr Material wird aufgebaut so lange, bis ich mit dem Ergebnis zufrieden bin. Auf diese Weise entstehen meine Erzählungen, Geschichten und Romane.

Seit Jahren bin ich regelmäßige Teilnehmerin von *Kreatives Schreiben*, einem Kursangebot der Volkshochschule Augsburg. Inspiriert durch Katharina Maiers Schreibanregungen, sie ist die Dozentin, entstanden ein Großteil meiner hier versammelten Texte sowie zwei bisher veröffentlichte Romane; ein dritter ist zur Zeit in Arbeit. Das kreative Spiel mit Worten, auch Wortneuschöpfungen – ja tatsächlich, zum Beispiel im Gedicht ***Funkelfauch***, inspiriert von Lewis Carrolls *Jabberwocky* –, ist mir zu einem großen Vergnügen geworden. Als Zusatzeffekt des Schreibens werte ich das ‚Anders-Lesen‘ von Literatur. Als eifrige Rezipientin eines breiten literarischen Spektrums sehe ich Buchinhalte mit neuen Augen. So ergänzen sich Lesen und Schreiben aufs Beste, sind untrennbar miteinander verbunden und beides bereitet mir unglaublich viel Freude.

Silvia Falk

30. FEBRUAR

31. FEBRUAR

30. FEBRUAR

„Der alte Mann sitzt auf der Kante des schmalen Betts, die Hände gespreizt auf den Knien, den Kopf gesenkt, und starrt den Fußboden an." * Kratzer und Linien, älteren wie jüngeren Datums, im Belag überschneiden sich zu seinen nackten Füßen. Sie ähneln einem Bahnhofsgelände mit zahlreichen Rangier- und Ferngleisen. Und er? Mittendrin! Sieht sich nächtens auf dem Bahnsteig von A. in dezemberkalter Luft. Durch zwei Mantelschichten getrennt von ihm eine Frau in bereits distanzierter Haltung, abfahrbereit. Leuchtende Momente zu zweit, verschattet in kurzer Vergangenheit, wärmen nicht mehr. Raureif durchdringt Mantel und Schal, kühlt Splitter von heißen Sehnsüchten und Gedanken herab auf Bahnsteigniveau. Sorgfältig gewählte Abschiedsworte versteifen sich im Frost auf den Lippen. Winter! Kalter Entzug!

Ja, der alte Mann, allein, im Winter seines Daseins, wärmt sich im Dunklerwerden am Feuer seiner Erinnerungen und Fantasien, kramt in verblassenden Schriften seines inneren Archivs und findet einen Gast, ein eifriges kleines Mädchen, das unbedingt Astronautin werden will; will die Sterne und das Weltall erforschen. Klein, aber oho! Das gefällt ihm, das hätte er sein können in Zeiten seines Aufbruchs, seiner Orientierung in der damaligen Welt. Natürlich mit anderen Mitteln als die Kleine. Aber daran hatte es ihm mit seiner Fantasiefülle niemals gemangelt.

Und nun, o ja, zweifellos in die Jahre gekommen! Dieser Vorwurf haftet an ihm, dem Alten, wie Pech. Vom Jemand zum Niemand. Sein gesellschaftlicher Nutzen ist längst aufgebraucht, er lebt auf Kredit. Nachlassendes körperliches wie mentales Vermögen hatten ihn vor einiger Zeit in diese abgespeckte Situation gebracht. Sein schmales Lager bietet gerade

Platz für ihn selbst, doch keinen Raum – weder für Ängste noch Albträume. Sein Refugium: ein karger Raum mit kleinem Tisch, Stuhl und Nasszelle, einem knapp bemessenen Fenster nach Norden sowie einer abgeschlossenen Tür zur Außenwelt. In einem Alter, da er nicht mehr wehrhaft reagieren kann, bleibt Unangenehmes lieber außen vor. Dieses Daseinsmuster lebt auch die ‚Buchstabenstrickerin‘, gewissermaßen sein weibliches Pendant. Zurückgezogen in ihren vier Wänden mit nur einem Fenster findet sie festen Halt in ihrem schützenden Lehnsessel und strickt an ihrer Legende.

Und was sie alles mit flinken Fingern in das Gewirk hineinarbeitet an Geheimnissen und unaussprechlichen Möglichkeiten, geht weit über **Zwei rechts, zwei links** hinaus. Der alte Mann labt sich regelrecht an der Listigkeit und dem unglaublichen Reichtum an Raffinesse der Meisterin ihres Metiers. Grandios, so findet er, herrscht sie über ihren umschwirrten Mikrokosmos. Mit seinen Händen, seinen Fingern ist hingegen kein Staat mehr zu machen; dafür gebietet er über eine reiche Innenwelt. In ihr brodelt es von Worten, Stichworten. Spontan fällt ihm **Erbsengrün** oder **Ausweg** ein. Was war da noch für ein Zusammenhang? Gab es überhaupt einen? Vielleicht das Unausweichliche einer Situation. Ach, gleichgültig. Er liebt es ganz einfach, diese Worte mit Geschichten zu assoziieren, eigenen, gelesenen oder gehörten. Eine verkehrsreiche Kreuzung, ein junger Mann mit einer grünen Schiebermütze auf einem Fahrrad (er selbst, einst? An dieser Stelle könnte er sich in Erinnerungen verlieren ...), starker Gegenwind aus Ost, eine segelnde Kappe und ein Jagdhund ...

Ja, und der Ausweg? Oh, eine grauvergessene, gar surreale Welt auf grüner Wiese öffnet sich durch dieses Zauberwort und der alte Mann schwelgt in eruptierenden Geschichten neuerer wie älterer Genese. Fiktionen, gebaut aus Kaleidoskopsplittern von Ideen, verwoben mit Bruchstücken von Erinnertem, erschüttern hie und da seine sicher geglaubte Statik, bringen ihn geradezu auf seinem schmalen Bett ins Wanken. Dann nämlich, wenn sich aus den Tiefen der Vergangenheit oder, schlimmer noch, der näherrückenden Wirklichkeit eine riesenhafte Bestie mit funkelnd roten Augen und schwefligem Fauchen auf ihn zubewegt. Im Rhythmus ihres geschmeidigen Tatzenaufsetzens im Schnee und seines kongruent wachsenden Schreckens stößt der alte Mann nur noch abwehrende Klangfetzen aus, poltert plötzlich angriffslustige Wortneuschöpfungen in einem Nonsens-Gedicht in Richtung der Bedrohung und bringt sie damit zu Fall. Ein wahrer Unsinnssieg! – Vorläufig zumindest. Denn **Funkelfauch** wird den alten Mann überleben und weiter sein Unwesen treiben. Einmal in die Welt gesetzt, tummelt sich diese literarische Figur bis in alle Ewigkeit zwischen Buchseiten.

So auch Daphne, eine Figur aus der Normandie Mitte des 19. Jahrhunderts. Eine taffe junge Frau, Fotografin aus Leidenschaft mit dokumentarischen Ambitionen, die sich und ihre weiteren Zielsetzungen irgendwie aus den Augen verliert. Das Hasenherz drückt sich vor der Entscheidung für ihre künftige Lebensgestaltung, hat es fast satt, sich immer wieder aufs Neue beweisen zu müssen. Wie eine Drohung lastet ihre Zukunft auf ihren schmalen Schultern. Statt den Blick auf neue Menschen zu richten, flüchtet sie sich ins altehrwürdige Herrenhaus und sieht dessen altbackenes Inneres mit neuen Augen als eine Schönheit, die es abermals zu entdecken, zu lieben und bewahren gilt.

„Pah, sentimentale Schwärmereien eines angejahrten Back-
fischs!" Der alte Mann spuckt verächtlich seine Worte ins Leere.

Für Unfug dieser wie anderer Art ist er nicht mehr zu haben.
Immer wieder dieses Sich- beweisen-Müssen, welches Daphne
als Qualitätsmerkmal für sich erfindet, es widert ihn nun geradezu an. Zu sehr erinnert ihn die Haltung der Fotografin an die
Forderungen seines Selbst in jungen Jahren.

Damals liebte er es üppig. In jeder Beziehung. So wie seine
Heldin Daphne mit ihren Pariser Freunden an einem Sommer-
sonntag an der Seine. Opulentes Frühstück im Freien am Fluss in
launiger Gesellschaft, Bootsfahrt hinein ins Auwaldgrün, Rudern
zur Tanzgesellschaft der Grenouillère auf einem Ponton. Nette
Gespräche unter Freunden. Nun, für Daphne war es ein einma-
liger Ausflug. Er an ihrer Stelle hätte die Sause für eine ganze
Saison verlängert. Nichts gab es, das er in seinen aktiven Jahren
ausgelassen hatte, was Wollust und Abenteuer versprach.

Aus diesem Grund verstand er auch sehr gut das Ja seines
Freundes zu einem interessanten Fotoauftrag auf einer Yacht
vor den Outer Banks. Allerdings konnte jener zu diesem Zeitpunkt nicht ahnen, dass seine Zusage in ein extremes Erlebnis, fast eine Robinsonade, ausarten würde. Den alten Mann
schüttelt es jetzt allein beim Gedanken an dieses extreme
Kontrastprogramm und er zeigt sich einmal mehr zufrieden
über seinen sicheren Jetztzustand. Aufregungen, Eskapaden
wie einst sind seine Sache nicht mehr. Selbst wenn es nur ein
kleiner Kick ist. Wie etwa ein Zufallstreffer von Bernie. Verblüfft
stellt sich der alte Mann die Szene vor, findet sie unglaublich.

Vom fetten Polster seines aktiven Lebens zehrt er noch heute. Es nährt ihn beständig und braucht sich dennoch nicht auf.
In immer wieder neuen Konstellationen kreuzen sich seine Er-

lebnisse mit denen der Figuren aus Manuskripten und Büchern, beschäftigen und unterhalten ihn in psychedelischen Collagen, stundenlang. Selbst in Träumen verbreitet sich der Lärm seiner geliebten Kreise. Mit Philo und Claire wacht er morgens auf, speist zu Mittag mit dem Wir und Ich am äußersten Rand eines Kontinents der südlichen Hemisphäre, fachsimpelt anschließend mit dem beeindruckenden Maori Moreno über Klimaforschung, philosophiert mit William Carlos Williams am Nachmittag über graue Haare und weiße Pflaumenblüten, schlussendlich in hei-ßem Sehnen nach Eva schließt er des Abends seine Lider, tastet nach dem Schalter und knipst das *Licht aus*.*

* Paul Auster *Reisen im Skriptorium*, erster und letzter Satz

„Und er, der alte Mann? Mittendrin! Sieht sich nächtens auf dem Bahnsteig in A. in dezember-kalter Luft."

ABSCHIEDSFANTASIEN

Wenn ein Reisender in einer Winternacht. So wie der Leser von Italo Calvinos Leselabyrinth fühle ich mich hier nächtens auf dem Bahnsteig in A. Bahnhofsgeruch hängt in der Luft. Es ist kalt, dezemberkalt, ich friere und ich bin verwirrt. Die Frau, durch zwei Mantelschichten getrennt von mir, scheint zugleich nah und doch fern. Nah und warm durch vorher gemeinsames Erlebtes und fern, eisgekühlt durch den Bahnsteig, Ort der Trennung. Leuchtende Momente, verschattet in kurzer Vergangenheit, wärmen nicht mehr. Raureif durchdringt Mantel und Schal, kühlt Splitter von heißen Sehnsüchten und Gedanken auf Bahnsteigniveau. In ihren gefrorenen Zügen lese ich Distanz, eine Distanz, die sich jetzt schon zwischen uns einnistet, obwohl wir noch eng beieinanderstehen; sie bietet keinen Schlupfwinkel für Nähe. Das Bevorstehende verändert unser Gefühl zueinander und lässt uns unwillkürlich vereinzeln.

Sorgfältig gewählte Abschiedsworte versteifen sich im Frost auf meinen Lippen. So sehr ich es mir wünschte, J. S. wird sich niemals in Ludmilla verwandeln.

Ludmilla, die aufregende Frau aus dem Roman. Wie *„in einem Netz von Linien, die sich verknoten oder überschneiden"** hatte ich mich darin verfangen und zappelte wie ein ungewollter Beifang. Eingetaucht war ich in diese immaterielle Welt voll abbrechender skurriler Geschichten, versuchte, sie zu entziffern, und fühlte mich bereits nach kurzer Zeit in ihr und ihnen hoffnungslos verloren, fand mich schließlich – allerdings wohlig verändert – an anderer Stelle, mit aufgeschlagenem Buch in Händen, wieder.

„ein eifriges kleines Mädchen, das unbedingt Astronautin werden will; will die Sterne und das Weltall erforschen. Klein, aber oho!"

AUFBRUCH

Krähen in schwarzen Witwenfräcken toppen einsame Strommasten, die aus steilen Schneewehen wachsen. Eine einsame Komposition in Weiß und Schwarz verteilt über den Horizont, ähnlich einer Strichzeichnung. Drüben, entlang des Bahndamms aufgereiht, verharren schräge Schneefangnetze. Tja, der Wind. Sie garantieren angeblich die Pünktlichkeit der Züge. Welche Pünktlichkeit? Ha, dass ich nicht lache. Schneefangnetze! Als ob die Pünktlichkeit davon abhinge. Ganz andere Faktoren kommen hier ins Spiel. Sei's drum, der 9.59er ist längst überfällig.

Gelangweilt wende ich mich erneut dem Bildschirm, meiner Arbeit, zu. Nicht gerade erbaulich empfinde ich diese Tätigkeit im Homeoffice.

Zunächst erschien sie wie eine Befreiung. Zu Hause sein dürfen, den ganzen Tag! Ein Traum mutiert allmählich zum Albtraum. Die Pandemie – für wie lange noch? Und die Befreiung will kein Ende nehmen. Ich, der Reisende, sitze fest.

Obwohl – draußen, vor der Tür, steht mein fahrbereiter neuer Mercedes und wartet auf seinen Einsatz über Land. Der geleaste Geschäftswagen mit beachtlicher Restlaufzeit einer verstorbenen Kollegin, Opfer der Pandemie. Für mich ein Unglücksfall dergestalt, statt meines gewählten Wunschmodells diesen Wagen übernehmen zu müssen – aus Einsparungsgründen, so der Chef. Für mich taugt diese altmodische Familienkutsche, versteckt unter einer schnittigen

Form, überhaupt nicht. Keine ordentliche Handbremse, keine Wintertauglichkeit und und und.

Fast verliere ich mich in Selbstmitleid. Dagegen hilft nur eine ordentliche Leberkässemmel, die Überlebensstrategie der Außendienstler nach frustigen Situationen. Aber hallo, geht auch nicht. Der nächste Metzgerei-Imbiss auf dem Land ist mittags geschlossen. Also schmiere ich mir ein Butterbrot und belege es mit Wursträdchen. Kaffee dazu? Wäre nicht schlecht. Während er fein duftend durchläuft, schaue ich durchs Küchenfenster schrägem Schneetreiben zu. Kaum dass ich das Nachbargebäude noch erkennen kann. Deutlich dagegen ist mir der Umstand in Erinnerung, dass eines Tages die junge Tochter der Dreigenerationenfamilie mit knalldickem Bauch auftauchte und sehr bald entband. Zwillinge! Der Doppelkinderwagen hat sie verraten. Seltsamerweise sehe ich nur Mutter und Uroma mit den Kindern an der frischen Luft. Die Eltern der jungen Mutter können sich mit ihrem Großelterndasein wohl nicht anfreunden, haben sich missbilligend von der Tochter abgewandt. So meine Vermutung. Verstehen muss ich das nicht, kann es mir jedoch vorstellen. Schreiende Zwillinge! Und besonders groß oder gar komfortabel ist das Einfamilienhaus auch nicht. Für mich, ehrlich gesagt, eine Horrorvorstellung!

Da lobe ich mir mein Alleinsein. Klein, aber oho. Wobei – das stimmt nicht ganz. Manchmal, seit dem Sommer geht das so, besucht mich ein kleines Mädchen. Trotz Pandemie und Besuchsverbot weht sie einfach beim Lüften mit dem Wind durch meine Terrassentür und setzt sich an ihren Laptop. Erstaunt werden Sie sich fragen, wie so etwas möglich ist. Ist es. Sie kommt, wir halten Abstand, sie setzt sich an ein kleines Tischchen mit dem Gerät, das ich ihr, ausrangiert von mir, gegeben habe, und versucht, sich die Computerei beizubringen. Sie will unbedingt Astronautin werden. Will die Sterne und das Weltall erforschen. Unverdrossen und ohne viel zu fragen, arbeitet sie vor sich hin, um dem Ziel ihrer Wünsche näher zu kommen. Sie stört mich nicht, im Gegenteil, ich bewundere ihren konsequenten Arbeitseifer, lasse sie einfach machen. Anders als ich braucht sie dazu weder Leberkässemmel noch Kaffee, ihr genügt ein Glas Wasser, das sie sich aus der Küche vom Wasserhahn holt.

Oh, es klopft an der Terrassentür. Das Mädchen. Mit frostroten Backen und freudestrahlend tritt sie ein und läuft sofort an ihren Arbeitstisch, fährt das System hoch und legt los.

Beruhigt darüber, dass unser kleines Arrangement so reibungslos funktioniert, gehe ich in die Küche, um meinen Kaffee in Ruhe auszutrinken. Kaum sitze ich am Küchentisch, höre ich die letzten Töne eines Countdowns. Two, One, Zero …

„Potzblitz, tüchtig die Kleine, kann sie doch etwas aus dem alten Kasten rausholen", sage ich vor mich hin und sehe neugierig um die Ecke ins Arbeitszimmer. Ein leeres Stühlchen, keine Kleine, nur eine Rakete auf dem ruckelnden Bildschirm zerschneidet mit glühenden Feuerstrahlen das dunkle All.

„Und was sie alles mit flinken Fingern in das Gewirk hineinarbeitet an Geheimnissen und unaussprechlichen Möglichkeiten, geht weit über ‚Zwei rechts, zwei links' hinaus. Der alte Mann labt sich regelrecht an der Listigkeit und dem unglaublichen Reichtum an Raffinesse der Meisterin ihres Metiers. Grandios, so findet er, herrscht sie über ihren umschwirrten Mikrokosmos."

ZWEI RECHTS, ZWEI LINKS

Die betagte Frau strickt an ihrer Legende. Das handgearbeitete Buchstabenmeer liegt zu ihren Füßen.* Ein wogendes Gewirr von Schlingen und Maschen, in dem sich Geheimnisse sehenden Auges verstecken lassen. Allein mit nimmermüden Fingern, zwei Nadeln und heißem Faden gestrickt. Raumgreifend breitet sich das Gebilde wölbend aus und läuft auf seine Quelle, die Strickerin, ein unscheinbares Persönchen in einem allzu großen Sessel, zu. Ein riesiges Garnknäuel – es ist Seemannsgarn, eingehegt durch seine schiere Größe und die Enge des Raumes zu ihrer Linken – liefert das Material für ihren ganz besonderen ‚Stoff‘. Unaufhaltsam wächst das erzählende Werk unter ihren listigen Äuglein hinter Brillengläsern und wallt in weichen Wellen wie ein Strom aus ihren Händen, tauscht die investierte Energie in Wärme um. Wärmt nicht nur die kalten Füße, wärmt zuverlässig auch Herz und Seele. Ihr Verstand bleibt wach. Nie verliert sie den Faden. Der bequeme Sessel mit stützenden Armauflagen und hoher Lehne verspricht sicheren Halt mit gleichzeitiger Rückendeckung. Man weiß ja nie. Zur Rechten erhellt eine Stehlampe mit üppigem Schirm den Sitzplatz, deren Licht sich wie eine helle Glocke über die Strickerin stülpt.

Verschwenderisch gleitet das Seemannsgarn unentwegt durch ihre Hände, schlingt sich um die Nadeln, die, bewegt von tanzenden Fingern, leise klicken, und bildet durch deren Kunstfertigkeit Reihe um Reihe eines nicht enden wollenden

Buchstabenmaschengebildes. Stoff aus Träumen und Begebenheiten gewirkt. Ihre geschickten Glieder scheinen fast programmiert zu sein, funktionieren wie Automaten, kein Blick kontrolliert die Schlingen, die Maschine arbeitet präzise. Nur die Gedanken, sie schweifen frei, fangen neue Ideen ein, streifen allenfalls das bisher in einer Unzahl von linken und rechten Maschen Gesagte, erfinden ständig neue Wendungen mit aparten Verschränkungen und bilden daraus Muster in episodischen Rapporten. Wild wächst der Schicksalsfaden als Gestrick von links nach rechts vor sich hin, das Riesenknäuel scheint kein Ende zu nehmen.

Da ist eine Sache, welche die Frau im Lehnstuhl nicht wahrzunehmen scheint. Oder doch? Rechts von ihr, schräg hinter der Leselampe lässt ein Fenster mit geöffneten Gardinen die Nacht herein. Jedoch nicht nur. Blicke sind es. Ein Mann mit Hut, verdächtiger Sonnenbrille (bei Nacht wohlgemerkt!) und Schnauzbart drückt sich draußen in die rechte untere Fensterecke und schaut gespannt durch die Scheibe auf das Strickidyll mit Dame. Was führt er nur im Schilde? Warum beobachtet er das vermutlich für ihn langweilige Tun der Handarbeiterin? Irgendetwas daran muss für ihn doch interessant sein.

Das weiß und ahnt auch die Strickerin. Nicht zum ersten Mal fühlt sie sich bespitzelt. Sie kennt die Situation aus dem Effeff. Fröhlich gluckst sie in sich hinein und denkt: Frier dir nur den Hintern ab. Meine Geheimnisse, auf die du aus bist, werden immer die meinen bleiben. Ich weiß sie sicher vor dir und deiner wahrscheinlichen Halbbildung zu verstecken. Denn ich bin es, die in der Tradition der schlauen ‚Tricoteuses‘ steht. Ja, eine wahre Meisterin meines Fachs bin ich. Schon mal was davon gehört oder gelesen? Nein, du ganz bestimmt nicht. Wer aufmerksam lesen kann, ist absolut im Vorteil. Und wer stricken kann, ebenso. Unauffällig beobachten und gleichzeitig die Nadeln aus den gezogenen Schlüssen in bestimmten Mustern tanzen lassen. Zum Beispiel in binären Codes von linken und rechten Maschen zur Übermittlung von Nachrichten in schwierigen Zeiten. Ich verrate nur so viel: Charles Dickens hat gestrickt. Nicht nur seine Flut von Romanen und Geschichten, besonders hier zu erwähnen *Eine Geschichte aus zwei Städten*, sondern auch mit Wolle und Nadeln.

Ach, weißt du eigentlich – nein, du nicht –, dass ursprünglich Stricken reine Männersache war? Überall da, wo keine Webstühle aufgestellt werden konnten, strickten Männer, wie zum Beispiel Seefahrer, Nomaden oder auch Schäfer. Zeit hatten sie, machten aus der Not zerschlissener Kleidung eine Tugend und ließen sich unvorsichtigerweise von den Frauen das Heft aus der Hand nehmen. Ein ernster Fall von frühem Feminismus? Oder lag es eher an der Langeweile der Bürgerfrauen? Egal wie, die Zeiten haben sich in Richtung zu mir und meinen Gunsten geneigt.

Meine Falle ist immer scharf gestellt. Pass nur auf, Schnüffler, dass du dich nicht in meinem Schicksalsfaden verhedderst. Er könnte flugs zu einem tödlichen Fallstrick oder zu Henkers Schlinge werden. Du wärest nicht mein erstes Opfer.

Damals, sinniert die alte Dame vor sich hin, damals als junge Frau umgarnte und fesselte ich die Spione mit sprühendem Charme sowie meinem Endlosfaden und strickte sie anschließend in mein Buchstabenmaschengebilde mit ein. Gerade so wie in vielen Büchern die Texte links gedruckt und rechts die Abbildungen zu sehen sind. Beides hübsch verbunden, sehr beliebt.

Je mehr Jahre sich auf mich legten, desto gewiefter stellte ich mich an, verfeinerte sozusagen meine Methoden und Codes. Mit fortschreitender Perfektion wuchs das Interesse der Spitzel an meinem rätselhaften Tun deshalb beständig an. Und nun, da ich alt und weise bin, meine Geheimnisse sich mehren und nach wie vor unentdeckt geblieben sind, liegen sie mir alle zu Füßen. Perfekt eingestrickt in mein endlos scheinendes Buchstabenmeer.

<hr>

* inspiriert durch eine Zeichnung von Paul Flora, in: *Warum lesen, warum nicht?*, Diogenes, Zürich 2008, S. 46–47

„Eine verkehrsreiche Kreuzung, ein junger Mann
mit einer grünen Schiebermütze auf einem Fahrrad
(er selbst, einst? An dieser Stelle könnte er sich in
Erinnerungen verlieren …), starker Gegenwind aus
Ost, eine segelnde Kappe und ein Jagdhund …“

ERBSENGRÜN

Immer mal wieder muss Z. in Bahnhofsnähe einen Termin wahrnehmen, ob ihr der Weg quer durch die Stadt über den Königsplatz gefällt oder nicht. Dann steht sie meistens abwartend an der Fußgängerampel, welche durch einen langen Takt der Rotphase und einen ultrakurzen des Grüns über zwei Fahrspuren plus Fahrrad- und Fußwege hinweg geschaltet wird. Pure Tristesse um sie her verlängert die gefühlte Wartezeit. Ihr Blick wandert derweil an den versifften Betonfassaden der Gebäude gegenüber der verkehrsreichen Straßen hinauf in den Himmel, beschwört verzweifelt eine kurze Revue der Vergangenheit dieses Ortes herauf: Erinnerungen an das Hotel Kaiserhof, die Krönung der Kreuzung, sowie auf der gegenüberliegenden Seite der Straße eine respektable Villa, architektonisch wertvoller Jugendstil, unter alten Bäumen eines privaten Parks, eingefriedet mit einer kunstvoll gestalteten Mauer. Beide ein städtebaulicher Trumpf von A., ohne Not wegen spekulativer Geschäfte abgerissen und ersetzt durch das, was wir heute zu erdulden gezwungen sind: eine scheußlich abgewrackte Betonwüste links und rechts der Straße. Kein Baum, kein Strauch, kein Grün von hier bis zum Bahnhof, welches die durchfegenden West-Ost-Winde abzumildern im Stande wäre. Einfach trostlos.

In Gedanken versunken steht Z. hier, rätselnd, in welchen Jahren dieser Frevel stattgefunden haben mag. Dabei versäumt sie es, rechtzeitig loszumarschieren, und fügt sich dem Umspringen von Grün auf Rot. Ein junger Mann ihr gegenüber auf der anderen Straßenseite hat seine Chance noch rechtzeitig erkannt, spurtet los, seine schicke erbsengrüne Schiebermütze wird vom entgegenwehenden Wind aus Ost hochgelüpft, segelt durch die Luft und landet mit der Öffnung nach oben weit hinter ihm neben der Fahrbahn, gerade noch auf dem Fußweg. Ganz kurz ist der junge Mann versucht, anzuhalten und umzukehren, doch die fetten Fahrzeuge rasen heran und er muss sich in Sicherheit auf die andere Seite bringen.

O je! Dieses streichelweiche, erbsengrüne Teil schmückt und wärmt nun nicht mehr seinen bedürftigen Träger, liegt verloren und herrenlos auf dem staubigen Asphalt längs des dröhnenden Verkehrsweges. Hoffentlich gerät es nicht noch durch einen Windstoß unter die Räder. Und er, der Besitzer dieser geschmackvollen Kopfbedeckung, wartet sehnsüchtig auf das Umschalten der Ampel, um sein wärmendes Teil zu retten.

In diesem Moment erscheint vis-à-vis der Straße eine hochgewachsene, elegant gekleidete Dame mit einem rötlichen Kurzhaar-Jagdhund an langer Leine. Das schlacksige Tier pinkelt leidenschaftslos seine Markierung an die Ecke des sandfarbenen Betonklotzes, lässt sich schnüffelnd suchend weiterführen. Und nun, als habe es gefunden was es suchte, umkreist es prüfend das einzige Grün der Umgebung, befindet es für passend, bringt sich mit Rundrücken samt abgespreiztem Schwanz in Stellung und vor Anstrengung zitternd nimmt es das Erbsengrün in Besitz. Die Dame, völlig unbeeindruckt vom Geschehen in der Niederung zu ihren Füßen, checkt derweil gelangweilt ihr Smartphone.

Z. beobachtet den bedauerlichen Vorgang und denkt das Wort. Neben ihr gellt ein erbitterter Aufschrei in den Verkehrslärm: „Scheiße!"

„Oh, eine grauvergessene, gar surreale Welt
öffnet sich durch dieses Zauberwort."

AUSWEG

„Ich? Nein!“

„Du!“ Der ausgestreckte Chefzeigefinger deutet unmissverständlich auf mich.

Ich soll diesen delikaten Auftrag übernehmen, könnte dadurch meine Reputation um Klassen verbessern. Was bleibt mir anderes übrig? Ich, der Auserwählte, fühle mich zudem geschmeichelt, will mithalten können, es allen zeigen, was in mir steckt. Wie blöd von mir! Der Konflikt keimt augenblicklich in mir auf, lässt sich nicht wegdrücken. Denn derzeit bewege ich mich in einer angenehmen Komfortzone von Mittelmaß, werde in dieser regungsarmen Masse kaum wahrgenommen, kann mein Ding nach Gusto drehen und wenden, vorausgesetzt, meine Ergebnisse stimmen. Doch genau dieser wichtige Auftrag bedeutet sicher mein Sprungbrett nach oben. Einmal dort angelangt, hätte ich ausgesorgt, dann würde ich mit ausgestrecktem Finger auf andere zeigen. Irgendwann böte sich schließlich eine Gelegenheit, mich Stück für Stück von diesem fragwürdigen Ethos zu befreien, um wieder Mensch zu werden. Abgemacht!

Der Auftrag führt mich in den Keller eines riesigen Bürogebäudes auf grüner Wiese. Dort starte ich weisungsgemäß mit meiner Arbeit, einer Suche nach Fakten. Im ersten Raum sichte ich laufende Regalmeter, vollgefüllt mit Akten, diese wiederum wimmelnd von Fakten und Fakes. Ich vermisse einen Anhaltspunkt, bewege mich weiter in einem Flur, der sich um eine Ecke windet. Eine Wand, kein Weiterkommen. Wieder zurück sehe ich eine Tür. Sie führt in ein verlassenes Büro, daran angrenzend eine Unzahl von Aktenregalen in einem verschachtelten Riesenraum. Wo beginnen?

Übersicht, das ist es, was ich brauche. Ich haste weiter in dieser unterirdischen Welt von gedämpften Grautönen, wo sich nichts von anderem unterscheidet. Die Flure scheinen endlos, führen um Ecken, links wie rechts, enden abrupt an einer geschlossenen Wand oder, wie soeben passiert, vor einem Spiegel. Ist das mein Ich? Farblos, mit hohlem Blick, umgeben von Grau und toter Materie, erschrecke ich vor dieser leeren Person. Wo ist mein befeuernder Auftrag, meine belebende Motivation geblieben? Weitere verwinkelte Räume und Flure lassen mich durch sie irren, stoppen mich mit brüsken Wänden und unverschämten Spiegeln. Das System, ich erkenne es deutlich. In diesem Moment stülpt es sich über mich, reduziert mich, macht mich untertan. Und mir wird klar: Ich muss mich retten, muss raus aus diesem Labyrinth.

Nur wohin, in welche Richtung? Wo ist der Ausgang? Panisch hetze ich durch Gänge, wirble um Ecken, quere verwirrende Regalräume und verzweifle schier an dieser Perfidie. Verwünsche innerlich meine Hybris. Hunger und Durst, schlichte kreatürliche Bedürfnisse, quälen mich. Doch dafür ist hier kein Ort. – Nur noch raus!

Ich renne weiter. Um eine Biegung herum – stehe unverhofft vor einer Leiter. Ich blicke nach oben, da, wo ich ursprünglich hinwollte und jene hinführt. Ein leuchtender Fleck, eine helle Öffnung. Eine offene Klappe. Licht!

Mir fällt ein Stein vom Herzen. Ach, was sage ich, eine zentnerschwere Last löst sich von meinem Inneren, ich atme wieder ohne Druck, und ein hingebungsvolles Seufzen entweicht meiner Brust: „Frei!"

Das System, diese Leiter scheinen mich aufzufordern, durch die Öffnung in der Decke nach oben zu steigen. Zitternd vor freudiger Erregtheit erklimme ich Sprosse um Sprosse, zwänge mich durch die knapp bemessene Öffnung der Luke. Das grelle Licht raubt mir augenblicklich die Sicht. Ich schließe die Lider, um mich zu adaptieren. Nach einer angemessenen Frist öffne ich sie.

Das Festhalten an den Holmen der Leiter sowie deren letzte Stufen verhindern meinen jähen Absturz. Mein Ausweg beginnt oben am Eingang zu Labyrinth Nr. 2.

„Dann nämlich, wenn sich aus den Tiefen der Vergangenheit oder, schlimmer noch, der näher-rückenden Wirklichkeit eine riesenhafte Bestie mit funkelnd roten Augen und schwefligem Fauchen auf ihn zubewegt.“

FUNKELFAUCH

kaltverlorn, waldgeborn
im fichtgebaumten Nadelwald
schneegenagelt, sonnverbannt
stehe ich am Dunkelrand
wittre
Aasgesprenkel, Schwefelluft,
Katerpisse, Raubtierduft
sehe
Glühgelichter, Menschvernichter,
pumarös, abgrundbös
mordgelaunt, raubtiermächtig –
ich dagegen kleinverdächtig
fürchte
Finsterwald bestienkalt,
Krallenballen, Reißzahnschlund –
doch statt
Tatzenhiebe – Katzenliebe,
Pumagroll eisverpufft
löst sich auf in Frühlingsluft, luft, luft –

„So auch Daphne. Sie drückt sich vor der Entscheidung über ihre Zukunft, hat es fast satt, sich immer wieder aufs Neue beweisen zu müssen."

Tja, und nun, was bleibt? Warum brechen diese Erinnerungen wie ein Lavastrom aus mir heraus? Was wühlt mich auf, beschäftigt mich unterschwellig? Zweifle ich an meiner Einstellung zu mir selbst, meiner Lebensweise, oder habe ich in der Geborgenheit des Gutshauses etwas Grundlegendes übersehen? Schon seit einiger Zeit ignoriere ich ein innerliches Grummeln, denke, es wird sich schon irgendwie lösen. Ja, ich gestehe, ahne es – ich bin feige! Drücke mich vor der Verantwortung für meine künftige Lebensgestaltung – das ist es doch, oder? An der Zeit wäre es. Andererseits – ich kann das doch, habe es mit meinem Berufswunsch und dessen Umsetzung zur Genüge bewiesen. Zur Genüge? Nein, genug ist nicht genug – immer wieder – aufs Neue beweisen. So läuft das! Mein Leben, ich wiederhole diesen Satz in Gedanken, mein Leben will ich selbst gestalten und nicht dem Zufall überlassen.

Chloé, und nicht nur sie, ging selbstverständlich in Bezug auf mich von einem Familienmenschen aus. Doch dieser Begriff, für viele andere mag er zutreffen, gilt für mich nicht. Mein Aufwachsen und meine Erziehung durch Onkel Luzius und Babette verlief zur Gänze anders als in einer Familie. Meine stets abwesende Mutter leitete andernorts die Bleistiftfabrik und vermittelte mir mit ihrer Haltung ein Bewusstsein von Freiheit und Unabhängigkeit. Dieses Wissen nutze ich dazu, mich im Gutshaus auszubreiten, mich einzurichten und es als meine Welt zu verstehen.

Nichts und niemand hindert mich daran – im Gegenteil, Onkel Luzius bestärkt mich darin. Und das ist ein Grund, warum ich mich so stark mit diesen Mauern verbunden fühle. Allein schon die typischen Gerüche und vertrauten Geräusche signalisieren auf sinnliche Weise: Das ist mein Zuhause. Ich mache hier gerne mein eigenes Ding.

Oft fällt es mir schwer, mich auf interessante Menschen einzulassen, habe fast Angst davor, denn ich könnte mich ja vielleicht verlieben und dadurch nicht nur den festen Boden unter meinen Füßen verlieren. Umso mehr hänge ich deshalb an meiner schützenden ‚Burg‘. In ihren Räumen gehe ich mit Hingabe auf, alles Wesentliche wartet an Ort und Stelle, sie tröstet mich, es fehlt an nichts. Ruhe umgibt mich, und außer Sorgfalt im Umgang mit ihr fordert sie nichts.

Denke ich an mein Schlafzimmer und mein einladendes Bett, wird mir ganz wohlig zumute. Als nichts Besonderes würde es sich für jemand anderen darstellen. Für mich bedeutet seine karge Ausstattung mit dem knarrenden Parkett unendlich viel, lässt sie doch genügend Luft für meine umherschweifenden Gedanken. Nichts blockiert deren Fluss in Raum und Zeit. Eine Extravaganz, die mir mein Fotografie-Projekt bescherte, leiste ich mir: Ein Paar rote Stiefeletten, richtige Exoten, verbunden mit einer skurrilen Herkunft, noch ganz neu, stehen mir zugewandt auf einer zierlichen Kommode, befeuern mein Gemüt und schenken mir zuweilen surreale Träume. Ich kann mich kaum an ihnen sattsehen, ihr Anblick ist ein Leckerbissen, ein ästhetischer Genuss für mich. Ein Kleiderschrank für meine ambitionierte selbst entworfene Garderobe – das war es auch schon. Halt!

Noch nicht ganz: Ein Bild an der Wand zwischen den zwei Fenstern ist mir wichtig, ein Geschenk von Onkel Luzius, erworben während des Pariser Kunstsalons von der Künstlerin Berthe Morisot. Die hingeworfene Kohlezeichnung zeigt eine nackte ruhende Frau dergestalt, dass man glauben könnte, in ihre momentanen Träume zu blicken. Mit wenigen Strichen gelang der Künstlerin eine unglaublich intensive Darstellung – Impressionismus pur. Darunter dasselbe Sujet, jedoch als Fotografie des Originals, perfekt aufgenommen vom großen Meister Nadar. Was soll ich sagen? Er hat sein Bestmögliches mittels der Technik seiner Zeit getan. Doch es ist und bleibt eine kalte Kopie des Originals. Für mich ein beredtes Lehrbeispiel über die Grenzen der Fotografie im Wettstreit mit Malerei und Zeichnung.

Neben meinem Schlafraum befindet sich ein ehemaliges Ankleidekabinett. Darin verwahre ich persönliche Dinge und Trouvaillen; zuweilen genieße ich vom dortigen Fenster aus den Ausblick nach Westen in den Garten und auf die weite Fläche der Pferdekoppel dahinter. Als Arbeitszimmer ist mir dieser beengte Raum zu unkommod und wenig inspirierend, dafür bevorzuge ich im Erdgeschoss den Empfangssalon oder die Bibliothek. Beide lassen mir genügend Raum für gedankliche Exkursionen, bieten mir angenehmen Komfort mit ihren gemütlichen Plätzen am Kamin. Zudem liegen das Wohnzimmer sowie das Arbeitszimmer von Onkel Luzius daneben, was hie und da für angenehme Gesellschaft sorgt. Doch das unbestrittene Herz des Hauses ist die Küche, das warmduftende Zauberreich von Babette mitsamt dem alles beherrschenden Küchenherd. An diesem Mittelpunkt hängt seit Kindertagen mein Herz, hier bin ich, dank Babettes

Kochkünsten und ihrer ständigen Ermutigung am Esstisch „damit du groß und stark wirst", aufgewachsen.

Von der Küche gelangt man über den Hinterausgang in den weitläufigen Hof zu meinen separaten Atelierräumen, dem Pferdestall, der Remise, zu den Wirtschaftsräumen, die sich an den Ostflügel des Gebäudes schmiegen, sowie zum Wohnhaus von Pancaldo, dem Hofmeister, und seiner Familie. Daneben noch dasjenige der wachsenden Gärtnerfamilie. All diese Gemäuer und noch ein paar mehr formen Gut Thoroughbred, meine Heimat, in die ich nach wie vor verliebt bin. –

„Aha, Daphne, typisch, unmöglich und unverbesserlich! Verlierst dich in sentimentalen Schwärmereien; büxt nun schon wieder vor deinem eigentlichen Thema aus und fliehst hasenherzig ins rettende Haus."

„Damals liebte er es üppig. In jeder Beziehung.
So wie seine Heldin Daphne mit ihren Pariser
Freunden.“

SOMMERSONNTAG AN DER SEINE

… Ja, so gestand es sich Daphne ein, ausgelassene Momente hatten sie auf der Seine-Insel bei Croissy erlebt. Zu viert waren sie gewesen, Chloé und Daphne, Paul und Etienne. Die beiden Jungs aus dem weiten Freundeskreis der Familie de Castellane hatten Chloé und Daphne zu einem Bootsausflug zum Café La Grenouillère auf der Insel eingeladen. Natürlich wollten die beiden jungen Frauen sich diese verlockende Gelegenheit, das oft zitierte ‚Sumpfloch‘ kennenzulernen, nicht entgehen lassen. Ganz Paris sprach die warme Jahreszeit über davon.

Per Eisenbahn und Droschke waren die vier vormittags am Restaurant Grillon, direkt am Fluss gelegen, angekommen, beschlossen, zwei Ruderboote reservieren zu lassen und an diesem bezaubernden Platz zur Einstimmung zu rasten. Sie setzten sich an einen der wenigen noch freien Tische im flirrenden Schatten der Auwaldbäume und bestellten ihr Frühstück. Bei Sonnenschein und blauem Himmel wogte um sie herum bereits das ausgelassene Sonntagsleben junger Ruderer. Ihr Erkennungszeichen waren lässige Hosen, ärmellose Trikots, die ihre nackten, kräftigen Arme zeigten sowie einen muskulösen Brustkasten, und salopp getragene Kreissägen zum Schutz gegen die Sonne. Unverzichtbar ebenfalls ihre weiblichen Begleitungen in kecken Sommerkleidern, mit Blumen geschmückten Strohhütchen und eine davon sogar mit einem winselnden Schoßhündchen. Lautes Lachen und heiteres Stimmengewirr offenbarte die zügellose Stimmung der Gäste unter dem lichten Laub der Zitterpappeln.

Daphne staunte über dieses ungezwungene Treiben. Ein kolossaler Unterschied zwischen Stadt und Land tat sich hier vor ihren Augen auf.

Über Kreuz hatten sie die Plätze eingenommen. Etienne saß neben ihr, vis-à-vis Paul und Chloé. Die beiden Jungs waren charmant, recht gesprächig und Daphne neugierig zugetan. Wie das Wasser der Seine vor ihnen, so plätscherte ihre Unterhaltung lebhaft dahin, nur unterbrochen vom Entzücken über die appetitlich angerichteten Speisen auf Platten und Tellern sowie die himmlisch duftenden Croissants und das knusprige Baguette in den Körbchen. An den Nebentischen war man bereits zu Früchten und Wein übergegangen, das Lachen wurden lauter, die Stimmung stieg. Dazu gesellten sich, hergeweht über den rechten Arm der Seine, die ersten Töne und Takte des Orchesters des Cafés La Grenouillère. Das schien das Zeichen zum Aufbruch für die Ruderer zu sein und augenblicklich strebten sie ihren Booten zu, nahmen ihre Plätze ein und legten los, derweil ihre Begleitungen, die jungen Damen und das Hündchen, sich weiterhin miteinander amüsierten. Ruhiger war es nun geworden, ein warmer Wind raunte in den Weiden und warb um weitere Gesellschaft auf dem Wasser. Die vier beendeten ihre Morgenmahlzeit, bezahlten und ließen sich ihre Boote zuweisen.

„Aus diesem Grund verstand er auch sehr gut das
Ja seines Freundes zu einem interessanten Fotoauftrag auf einer Yacht vor den Outer Banks. Allerdings
konnte jener zu diesem Zeitpunkt nicht ahnen, dass
seine Zusage in ein extremes Erlebnis, fast eine
Robinsonade, ausarten würde."

AUSGESETZT

Im Wasser, bei Nacht und Nebel, auf einer Planke, mehr hängend als liegend, erwache ich aus tiefer Bewusstlosigkeit. Mir ist kalt, meine Glieder fühlen sich steif an. Immerhin trage ich eine Schwimmweste. Was ist geschehen? Langsam gewinnt mein Denken wieder an Boden. Laut lache ich bei diesem Gedanken auf – Boden – davon scheine ich weit entfernt zu sein. Krampfhaft versuche ich nun, mich an den vergangenen Tag zu erinnern. Zunächst wirken meine Gedanken wie eingefroren, doch so nach und nach schälen sich Einzelheiten daraus hervor.

Ja, so war es: Vor den Outer Banks kreuzten wir mit einer kleineren Yacht. Wir, das waren der alte Skipper Joe, die Schiffseigner Stan und Shorty sowie ein paar junge Frauen, die sich als Models gerierten.

Allmählich strömen die Gedanken flüssiger. Als Fotograf mit beachtlichen Strecken in einschlägigen Magazinen war ich angeheuert worden und sollte den Ausflug in Bildern festhalten.

Ja, stimmt, genau so war das.

Ruhige See, Sonne, hohe Temperaturen und eine leichte Brise boten ideale Voraussetzungen für diese Aktivitäten. Die Models hatten ihren Spaß mit Unmengen verrückter Klamotten und Badezeug, das aussah wie ein luxuriöses Nichts. Ich, noch ein Mann der Dunkelkammer, blieb eifrig mit dem Objektiv, trotz des grellen Lichts, das meinen Augen fast wehtat, nah an ihren ständigen Verkleidungen, gönnte mir zwischendurch etwas Entspannung mit – wie ich finde – interessanten Bootsperspektiven, rückte den zerfurchten Skipper Joe ins richtige Licht und belohnte Stan und Shorty mit künstlerischen Portraits.

Die Stimmung an Bord war unaufgeregt und heiter. Ein idealer Tag auf See. Mehr Wind kam auf. Als alter Schisshase bat ich um eine Schwimmweste und zog mir diese auch vorschriftsmäßig über. Selbst als sie mich beim Fotografieren etwas behinderte, behielt ich sie an. Ich muss feststellen, sie hielt vorzüglich den Wind ab. Dieser frischte weiter auf, doch die anderen verzichteten nach wie vor auf Rettungswesten. Sie wollten sich lieber fotogen zeigen und mit Selfies amüsieren. Mir war das egal. Ich tat weiter meine Arbeit.

Letztlich war es nicht ein aufziehendes Unwetter, das uns Schwierigkeiten bereitete. Vielmehr wurde unserer Yacht schlicht und einfach von einer sehr viel größeren und schnelleren die Vorfahrt genommen; wir wurden gerammt und zum Kentern gebracht. Ja, das war's.

Nach wie vor hüllt mich das Dunkel der Nacht schützend ein; der Nebel tut sein Übriges dazu. Soll ich laut um Hilfe rufen? Nein, lieber nicht. Erst die Dämmerung abwarten, um einen Überblick zu gewinnen. Zunächst nutze ich die Nacht dazu, meine Kräfte zu schonen. Umständlich versuche ich, mit meinen steifen und gefühllosen Gliedern eine sicherere Position auf der Planke einzunehmen, was mir nach einigen Mühen auch gelingt und mich vor der Kälte des Wassers bewahrt; denn auf längere Sicht wäre sie tödlich. Die wenigen Aktivitäten genügen bereits, um mich wieder in einen tiefen Schlaf fallen zu lassen.

Die Wärme der Sonne weckt mich. Benommen will ich meinen Kopf heben, um die Lage zu peilen. Doch ein starker Schmerz schießt in mein Bewusstsein und hindert mich daran. Das war es also. Mein Kopf hat beim Schiffbruch einen Schlag abbekommen und mich in Ohnmacht versetzt. Deshalb nahm ich die wahrscheinlich schrecklichen Turbulenzen, die daraufhin folgten, nicht mehr wahr. Glück oder Unglück?

Ich warte ab, schaukle ergeben auf den Wellen, lasse den Schmerz etwas abklingen, versuche, meine Haltung leicht zu verändern, um dann nochmals eine Anstrengung zu starten. Nicht schmerzlos gelingt's, doch es ist deutlich besser. Was ich sehe, macht mich weder froh noch unglücklich. Eine ruhige, glatte See um mich herum und bis zum Horizont. Gegen Westen, dem Sonnenstand nach müsste es der Westen sein, erblicke ich eine vage, konturlose Küstenlinie. Ganz in Weiß. Sand?

Von der Havarie keinerlei Spuren. Weder Menschen noch Material. Nur eine grelle Sonne, die ihre gleißenden Strahlen auf das Meer und mich herunterschickt.

Ich muss mich vor ihr und der blendenden Helligkeit schützen, fährt es mir durch den Sinn. Das Hemd! Unter der Schwimmweste brauche ich es am wenigsten. Mit Verrenkungen und weiteren Schmerzstößen gegen meine Schläfen gelingt es mir schließlich, die rechte vordere Hemdseite abzureißen und mir damit Kopf und Hals zu verhüllen. Da ich gerne langärmelige Hemden trage, um diese bei Bedarf hochzukrempeln, sind meine Arme ebenfalls geschützt sowie auch die Beine wegen der noch intakten langen Hose. Selbst die Füße stecken noch in den Sneakers.

Durch einen schmalen Sehschlitz beurteile ich meine Entfernung von der Küste und erschrecke. Ach, noch so weit entfernt. Als Nächstes beobachte ich die Strömung. Sie ist stark, wird mich stetig weitertragen. Wo, in welcher Richtung würde ich anlanden? An Schwimmen war noch lange nicht zu denken. Erst mich treiben lassen und dann weitersehen. Viel Zeit, um mir nochmals die Ereignisse des Vortages zu vergegenwärtigen. Doch wozu? Ein Nachdenken über die Havarie samt deren Folgen bringt mich nicht weiter, wäre unnütze Spekulation. Nach vorn und auf mich selbst sollte sich mein Blick richten.

Hunger und Durst melden sich. Ja, die beiden sind es, die mir ab jetzt Probleme schaffen werden. Wasser! Als Salzwasser im Überfluss vorhanden, doch zum Trinken wertlos. Süßwasser benötige ich zum Überleben – Regen! Weit und breit ist keine Wolke zu sehen, nicht einmal daran zu denken. Hunger? Tut weh, lässt sich aber länger aushalten.

Grellweiß und heiß knallt die Strahlung der Sonne auf mich herab. Von unten hält die kühle Dunkelheit der See dagegen. Immer wieder schöpfe ich zur Verhinderung von Schwitzen und Verdunstung von Körperflüssigkeit Meerwasser über meinen Leib. Das hilft. Nach kurzer Zeit zeugen nur noch Salzkrusten von meinen Bemühungen. Salzblumen nenne ich sie schmeichelhaft und denke dabei an das silberne Fässchen auf meinem Esstisch, gefüllt mit ‚Fleur de Sel‘. Sie verschwinden beim nächsten Guss, um in Windeseile erneut zu erblühen. Eine Weile zeigt sich in Gedanken nochmals mein verlassener Esstisch zu Hause. Ja, mein Zuhause, so weit entfernt. Eine gewaltige Sehnsucht überflutet mich.

Die Strömung treibt mich nach Süden und auch in Richtung Küste. Nur eine Frage der Zeit ist es, wann ich anlanden werde.

Um mein Augenlicht zu schützen, halte ich die Lider hinter den Sehschlitzen geschlossen. Die Abwesenheit von Licht tut mir gut, beruhigt mich. Nur hin und wieder riskiere ich einen Kontrollblick nach draußen. Und da entdecke ich den saftiggrünen Algenstrang, in Armeslänge entfernt. Ich schnappe ihn mir. Meine großen Probleme, Hunger und Durst, kann ich damit zeitlich nach hinten verlagern. Zähes Zeug, doch meine Zähne bekommen etwas zu tun. Schmeckt frisch und meerig, nicht schlecht. Der Magen füllt sich ein bisschen, Speichel wird gelockt, sammelt sich und ich kann schlucken. Was für eine Erleichterung, eine wahre Wohltat. Mein Überleben auf der Planke ist eingefädelt. Nun darf ich mich entspannen, mich von den Bewegungen des Wassers in Richtung weiße Linie driften lassen – denke ich naiv in meiner Ausgesetztheit. Derweil leckt die unergründliche See ununterbrochen an mir, meiner Haut, meiner körperlichen Gesamtheit. Hat Geschmack an mir gefunden. Macht mir mit huschenden Glitzerfischchen und begehrlichem Glucksen ihre Avancen. Will mich einlullen, zu sich holen. Sendet begehrliche Signale aus dunkler Tiefe, in ihre geheimnisvollen Gefilde einzutauchen. Wittert den nahezu hilflosen Menschen auf der Planke als williges Opfer. Ich sträube mich. Bin noch weit davon entfernt, abzutauchen und mich ihren aquatischen Gelüsten hinzugeben.

Die Küste, und mit ihr die Hoffnung, kommt näher. Sie bleibt konturlos, blendend weiß. Weder Häuser noch

Menschen sind zu sehen. Und mit einem Mal fühle ich mich einsam.

„Weder Menschen noch Häuser", wiederhole ich laut für mich.

Ein Gefühl von Trauer, ja Ängstlichkeit beschleicht mich. Unter mir spüre ich die mysteriöse Tiefe des Meeres, in welcher ich mich zu verlieren drohe, vor mir sehen meine Augen Wogen und dahinter die geheimnisvoll vage Küstenlinie. Ich fühle mich unsicher, fast gespalten. Mir kommt der Gedanke, dass ich womöglich einem Trugbild aufsitze, gar keine Dünenlandschaft sehe, sondern einer Irritation erliege. Widerstreitende Stimmungen beuteln mich, sie führen dazu, dass ich nach Hunger und Durst nun nach Sicherheit giere. Mein Verstand sagt: „Blödsinn! Welche Sicherheit? Die gibt es hier nicht!" Mein Gemüt raunt: „Angst! Ich habe fürchterliche Angst."

Ich schließe die Lider und sehe vor meinem inneren Auge einen sonnenbeschienenen Strand, auf dem sich Menschen und Hunde tummeln, dahinter eine Zeile von bunt gestrichenen Ferienhäusern, die über Holztreppen zu erreichen sind, sowie in den Lüften gaukelnde oder stramm geführte Drachen in allen möglichen Variationen. Heiterkeit erfüllt mich bei diesem Bild und ich lächle unwillkürlich. O ja, wirklich sehen will ich diese Szene und öffne die Augen. Ein Fehler. Wunschdenken hat mich verführt und zeigt mir mit kalter Schulter die kahle Wirklichkeit.

Bilde ich es mir ein oder befinde ich mich deutlich näher an meinem Ziel? Ja, doch, stimmt schon. Die Strömung scheint um einiges stärker geworden zu sein. Unverändert die maßlose Sonnenintensität. Weiß reflektierende Dünen, soweit das Auge reicht. Nur linker Hand, an der Stelle, an welcher ich vermutlich an Land ginge, klafft inmitten des heißen Weiß' ein dunkler Riss in der Landschaft. In seiner Schwärze für mich ein optisches Highlight. Der Bruch – endlich! Kein Trugbild. Ein Stein fällt mir vom Herzen. Ein langer, zerschlissener Spalt, schattig und finster – eine Einladung.

Ich spüre mich im Einklang mit der Natur. Sie gestaltet und zeichnet scharf konturiert – Schwarz auf Weiß – ein prägnantes, vertikales Zeichen in einer sonst horizontalen Umgebung. Kontraste, wie ich sie von der Fotografie her kenne, liebe und gerne mit ihnen spiele. Mein Metier. Fast fühle ich mich zu Hause.

„Wie etwa ein Zufallstreffer von Bernie. Verblüfft stellt er sich den Vorgang vor und findet ihn unglaublich.“

EIN SCHWARZER SCHWAN *

Bernie hat Weltschmerz. Mit gesenktem Kopf und hängenden Schultern trottet der schmächtige Vierzehnjährige vor sich hin, nimmt seine Umgebung kaum wahr. Bei den Sportanlagen glaubt er sich sicher vor Begegnungen mit Schulkameraden. Sie können ihm alle gestohlen bleiben.

„Diese Blödmänner wollen mich nicht mitmachen lassen, spiele nicht in ihrer Liga."

Trotzig spricht er den Satz in die tiefhängenden Wolken. Plötzlich blendet ein Ball den Himmelsblick aus. Reflexartig fängt Bernie den schweren Basketball und wirft ihn automatisch über den hohen Gitterzaun des Sportfeldes. Jubel und Applaus branden auf: Der Ball tänzelt auf dem Korbrand und fällt schließlich hinein.

* Drabble; inkl. Überschrift 100 Worte
„Ein schwarzer Schwan ist ein Ereignis, das völlig unwahrscheinlich ist, gänzlich überraschend eintritt und fast alle erstaunt."
(Gabler Wirtschaftslexikon)

„Mit Philo und Claire, der weiblichen Bastion auf der Klimaforschungs-Station von Bruny Island, Tasmanien, wacht er morgens auf."

DIVEN

Feierabend. Claire und Philo lümmeln nach dem Abendessen in ihren Sesseln und hören Radio. Sie sind allein. Moreno und Ernest verbringen die Nacht auf dem Leuchtturm. Der Sender bringt ein Feature über Maria Callas, die unsterbliche Sopranistin der 50er- und frühen 60er-Jahre des letzten Jahrhunderts. Interviews sowie Archivaufnahmen von ihren Titelrollen lassen die Künstlerin in diesem Porträt lebendig werden und die beiden Zuhörerinnen lauschen ‚der Stimme‘. Diesen Beitrag über die ‚Diva Assoluta‘ der Oper wollten sie sich keinesfalls entgehen lassen.

Claire, die Klassikkennerin, erinnert sich durch die Dokumentation an ihre Jugend in Paris. Es war die Zeit ihrer kulturellen Lehrjahre mit der Großmutter. Diese machte ihre Enkeltochter mit dem damaligen Bildungskanon vertraut. Maria Callas, eine Amerikanerin, die 1977 nach ihrem Rückzug in Paris starb, war darin im Ressort tragischer Rollen der Oper die herausragende Protagonistin.

Aus dem Lautsprecher tönt der modulierende Sopran dieser Virtuosin ersten Ranges. Der ganze Raum ist Singstimme.

Im eingebetteten Interview bekennt die Sängerin, dass sie als ‚die Callas‘ ein Produkt der Presse geworden war. Nicht zuletzt aufgrund ihres Lebensstils. Maria Callas wurde, ihren Worten nach, zur egozentrischen und unberechenbaren ‚Diva‘ hochstilisiert. Die Tragödie, das Drama, war zu ihrem beherrschenden Ausdrucksmittel im künstlerischen wie im privaten Leben geworden. Diese Begabung bewies sie ebenso als Schauspielerin im Film *Medea* von Pier Paolo Pasolini. Weder sang noch sprach sie darin viel. Nur einige wenige Dialoge, mehr nicht. Allein ihre Darstellungskunst genügte, um diesen Film künstlerisch besonders wertvoll zu machen.

Damit endete der Radiobericht.

„Claire, diesen Film habe ich gesehen. Es ist Jahre her, doch an diese Bilder kann ich mich sehr gut erinnern. Maria Callas als Medea in einer streng aristokratischen Haltung hatte sich mir eingebrannt. Damals, ich war jung, konnte ich die Künstlerin sowie die Zusammenhänge nicht ganz verstehen. Allein diese starke Präsenz vergaß ich in all den Jahren nicht mehr. Es waren unglaublich archaische Szenen. Ich wünschte, ihr tragisches Leben danach wäre anders verlaufen.“

„Das finde ich interessant, was du sagst, Philo, denn den Film kenne ich nicht. Bekannt sind mir die Audioaufnahmen von Maria Callas in ihren legendären Opernrollen sowie ausgewählte Arien. Tragische Frauengestalten verkörperte sie perfekt, wie ich schon wusste und wir gehört haben. Für mich ist sie, nach wie vor, ein Leuchtstern am Opernhimmel. Im wahrsten Wortsinn ‚eine Diva‘.“

„Nun ja, Claire, ich bin nicht so der Musikfreak. Alle Welt findet Musik toll, mich interessiert sie erstaunlich wenig. Worte sagen mir so viel mehr. Medea aus der griechischen Mythologie mit Zitaten von Euripides sprechen mich sehr viel mehr an als die Oper *Médée* von Luigi Cherubini mit der Sopranistin in der Hauptrolle. Die schauspielerische

Interpretation durch Maria Callas im Film ist stark und ein-
drücklich.“

„Was war für dich so faszinierend an dieser dramatischen
Frauenfigur, dass du bis heute diese detaillierte Erinnerung
an sie hast?“

„Vielleicht vermischt sich mein Erinnern an den Film
mit dem altgriechischen Mythos der Medea, von dem ich
gelesen und gehört hatte. Jedoch, wenn ich genauer darüber nachdenke, glaube ich, es war allein ihre Bedeutung als
zauberkundige Tochter des Königs Aietes von Kolchis, die
mich so faszinierte. Kolchis, ein Landstrich des heutigen
Georgien, der einen Garten mit Heil- und Giftpflanzen be-
herbergt haben soll. Ihr Zauberwissen verdankte Medea
der Göttin Hekate, deren Priesterin sie war. Sie wurde zu
einer berühmten Giftmischerin. Impulsiv und entschlossen
handelte sie, wie wir aus der Argonautensage wissen. Sie
ließ sich nicht einschüchtern, sie war durch und durch von
ihren Leidenschaften getrieben.“

„Da, da, da, Philo, ich gerate gleich ins Stottern, da sind
wir wieder bei deinem Lieblingsthema, ‚Giftmischerin‘.“

„Tja, Claire, an ihrer Bestimmung kam Medea nicht
vorbei und ich nicht an ihr. Der Sage nach habe sie neun
Nächte lang in Kolchis Kräuter gesammelt, um daraus einen
Zaubertrank zur Verjüngung zu bereiten. Davon fielen aus
Versehen einige Tropfen auf die Erde. Daraus sei die gefährliche und verführerische Herbstzeitlose entstanden. Auch
sie eine echte Diva.“

„Du machst mich richtig neugierig, Philo. Erzähl davon. Ich kenne nur die fragile Blume in zartlila und deren
Giftigkeit. Mehr weiß ich nicht über sie.“

„Also gut, wie du willst. Linné, der berühmte Pflanzenforscher, der seine Lieblinge in eine wissenschaftliche Ordnung gebracht hatte, benannte die Herbstzeitlose nach der Landschaft Kolchis an der Ostküste des Schwarzen Meeres. Deshalb und weil sie im Herbst blüht – unter unseren Wildpflanzen gilt sie als Alleinherrscherin zu dieser Jahreszeit –, gab er ihr den lateinischen Namen ‚Colchicum autumnale‘. Ihr antizyklisches Verhalten, der Wortteil ‚Zeitlose‘ weist darauf hin, sichert der Pflanze allgemeine Bewunderung. Im Frühherbst beginnt ihr charmanter Auftritt auf ansonsten leerer Bühne. Ungeteilte Aufmerksamkeit wird ihr mit dieser raffinierten Strategie zuteil. Büschel von strahlend helllila Blüten in aparter Krokusform ziehen erstaunte Blicke auf sich. So weit, so gut. Eine willkommene Überraschung auch für Biene und Co. Jetzt folgt das Ungewöhnliche: Über den Winter, ein halbes Jahr später, trumpft sie mit dickfleischig lanzettlichen Blättern, ähnlich denen von Tulpen, auf. Diese strotzenden Blätter in den noch kargen Gründen umschließen dick geschwollene Fruchtkapseln, die ihre Samen nach Reifung weit hinausschleudern. Sieht man die grünen Kraftpakete, fragt man sich unwillkürlich: Was ist das denn? Wo bitte sind die Blüten? Wer erinnert sich schon daran, dass sie genau an dieser Stelle vor einem halben Jahr als zarte Eleganz zu bewundern waren, nackt und blattlos. Für Unkundige ein echtes Mysterium. Beides zusammen, Blüte und Blätter, geht also bei der Herbstzeitlosen nicht. Aber beides, getrennt voneinander, doch im Verein mit ihrer unterirdischen Knolle, ist in höchstem Maße giftig. Colchicin, so heißt ihr Hauptgiftanteil. Wirkt übrigens sehr zuverlässig.“

„Oi, oi, Respekt, Philo, das hört sich durchaus nach ,Diva‘ an. Interessant, um diese Vorgänge zu wissen und sie zu beobachten. Weißt du, ob es hier, in der nächsten Umgebung, Herbstzeitlose gibt?“

„Oh, gute Frage, da muss ich mich erst einmal schlau machen. Sollten sie hier gepflanzt worden sein, wären die Bedingungen in geeigneten Lagen völlig problemlos. Allerdings sind sie von den Landwirten nicht gern gesehen. Diese versuchten alles, um die Herbstzeitlose loszuwerden. Denn ihr Gift ist nicht nur für den Menschen gefährlich bis tödlich, genauso auch für Weidetiere und das Wild. Selbst im Heu behalten die Pflanzenrückstände dauerhaft ihre Giftigkeit. Das bedeutet, dass zum Beispiel sogar nicht tödliche Dosen beim Vieh in die Milch übergehen und dem Menschen anschließend bei der Nahrungsaufnahme gefährlich werden können.“

„Wow, da haben wir es tatsächlich mit einer ,nachhaltig Tödlichen‘ zu tun. Fast so wie Medea.“

„Wie meinst du das, Claire, und was weißt du darüber?“

„Na ja, sie war schon in jungen Jahren Zauberin. Sie war, genau wie die Herbstzeitlose, sehr gefährlich bis tödlich. Zuerst brachte sie ihren Bruder um. Dann, am Hofe des Königs Kreon von Korinth, tötete sie mittels eines verzauberten Kleides ihre Widersacherin und deren Vater. Ihre Rachsucht nahm kein Ende. Sie trieb Medea sogar dazu, die eigenen Kinder, zwei wohlgeratene Söhne, zu erdolchen. Diese Furie! Ich frage mich: Wie konnte sie überhaupt so viele Menschen töten? Das ist ja organisatorisch oder logistisch kaum zu bewältigen. Was meinst du, Philo?“

„Ganz einfach, Claire, sie hatte eine loyale Handlangerin. Ihre Dienerin Néris. Medea von jung an persönlich zugetan, war sie eine treue und zuverlässige Vertraute. Mit ihrer Hilfe schaffte die Zauberin das fast Unmögliche.“

„Jammerschade, dass das Zeitalter der loyalen Handlangerinnen vorbei ist. Philo, das könnte mir auch gefallen: Ich als Diva, eine loyale Vertraute wie Néris um mich herum …“

„Glaube ich dir aufs Wort, Claire, geht mir genauso. Aber – wir sind ja leider nur zu zweit.“

„Reicht doch! Was meinst du, wenn wir wechselseitig, du weißt schon wie …? Wäre das was?“

„speist zu Mittag mit dem Wir und Ich am äußersten Rand eines Kontinents der südlichen Hemisphäre, fachsimpelt anschließend mit dem beeindruckenden Maori Moreno über Klimaforschung."

WENDEKREISE UND WINDROSE

Wir – Kampf zweier Meere

Noch zusammen standen wir am unteren Rand der Welt, am südwestlichsten Punkt eines leeren Kontinents, blickten von oben die zerklüfteten Felsen hinab auf das Zusammenfließen zweier Meere. Das eine eiskalt, das andere warm. Das eine smaragdgrün, das andere tiefblau. Ein Aufeinandertreffen zweier fundamentaler Extreme mit den entsprechenden physikalischen Auswirkungen: alles mit sich reißende Strömungen, tückische Abwärtsstrudel an den Rändern und ein gischtiges, fontänengleiches Aneinanderklatschen der zwei grundverschiedenen Ozeane.

Eine gigantische, tosend brüllende Hölle tat sich da unter uns auf und zog sich mit ihrer bewegten, schaumgekrönten Scheitellinie fast bis zum Horizont. Enorme Kräfte zerrten ineinander, aneinander und untereinander und zerbarsten, was nicht stärker war als sie. Aus dieser wütenden See würde es kein Entkommen geben. Das war unser ‚Außen‘.

All dieses einzigartig Existenzielle zu sehen, zu hören, zu riechen, salzig zu schmecken und mit allen Nervenenden zu fühlen, war eine so wuchtige und gleichzeitig ambivalente Erfahrung, dass es mich auch heute noch – viele Jahre danach – erschauern lässt.

Diese vorher nie gekannten, rasenden Naturgewalten werden mich wahrscheinlich nie mehr loslassen. Ängste und Faszination übermannten mich gleichermaßen. Gut so – sie wiesen mir meinen, unseren Platz in ihrer Hierarchie zu. Hatten wir denn überhaupt einen, waren wir dafür vorgesehen?

Wir – außen und innen

Dieses ‚Außen‘ war nicht nur vom Erleben her beeindruckend und stark, es wirkte aufwühlend nach innen und ließ uns menschlich erbeben. Es konnte uns nicht kalt lassen. Unser Inneres erschauerte und hinterher war nichts mehr wie zuvor. Äußerlich funktionierten wir auch nicht mehr wie vorher. Vielmehr hatte ein jeder von uns beiden eigenartigerweise das Bestreben, es den Meeren gleich zu tun. All seine Kräfte zu bündeln um auf fulminanten Widerstand zu stoßen. Ein jeder von uns glaubte, keinen Stein mehr auf dem anderen belassen zu können. Als wäre die uns erreichende Gischt ansteckend gewesen und die heulenden Winde hätten es uns eingebläut. Was war da los, was war in uns gefahren mit seiner entfesselnden Gewalt? Welcher Dämon hieb da mit seinem Schwert auf unsere Verbindung ein?

Wir – Bruch

Die Lösung, oder eine Antwort darauf, würde ein jeder von uns für sich selbst finden müssen; die Wasser müssten sich teilen, die zerstörerische Gewalt sich an einem flachen Strand brechen und sanft auflaufen, die Energie verpuffen. So ließen wir uns, beeinflusst durch diese extreme Natur, zweiteilen; entließen unsere Vehemenz in verschiedene Richtungen und gingen getrennte Pfade. Ein jeder von uns nun auf mühsamer Wanderschaft und auf dem Weg zu neuen Ufern.

Ich – in der absoluten Einsamkeit und Stille

Von der einen Hölle in die nächste. Das genaue Gegenteil davon. Nicht am unteren Rand der Welt und des leeren Kontinents, sondern tief in seinem Innern, unterhalb des Meeresspiegels gelegen. Ein Bassin von gewaltigen Ausmaßen, das sich heute knochentrocken, morgen als riesiger See zeigen konnte; je nach Laune der Natur. Hier, in der Mitte des Nichts, dröhnte mir der Kopf vom Rauschen meines Blutes. Kein einziger Laut von außen war zu vernehmen – absolute Stille. Unheimlich, geradezu gespenstisch. Hatte hier jemand den Ton abgedreht?

„Wo bist du?"

Kein Lufthauch, keine Bewegung – weder am Himmel noch auf der Erde. Wolkenlose Hitze, nicht einmal mehr flimmernd, lag auf dieser staubigen, scheinbar toten Ebene. Ausgestreckte Einsamkeit. Vorbeikommend an großflächigen, weiß glitzernden Salzpfannen, entdeckte ich am Horizont einen kleinen grünen Punkt. Leben. Automatisch folgte ich seinen magischen Anziehungskräften. Ein winziges Paradies in Gartengröße empfing mich mit klarem Wasser, das lautlos aus einem kleinen, erhabenen Loch in der Erde quoll. Einem Schwimmreif gleich lagerten sich die Mineralien der artesischen Quelle um die Öffnung ab. Zartes Grün umkränzte es und gedieh, so weit das Wasser fließen konnte – nur ein kurzes Stück –, dann versickerte das kostbare Nass im Staub und die Wüste breitete sich aus. Ein Geschenk der Natur, ein Schluck Wasser, mit den Händen geschöpft, leicht bitter, etwas salzig, ein Urwasser aus den Tiefen des Artesischen Beckens, vor Jahrmillionen entstanden, eingelagert in einem Netz von Sandsteinkavernen wie in einem Schwamm und durch eigenen Druck an einer dünnen Stelle der Erdkruste sich seinen Weg herausbahnend. Und das für mich. Auserwählt, davon zu kosten und damit einen lebendigen Zusammenhang mit der Ewigkeit spüren zu dürfen. Es war jetzt nicht das Alleinsein, nicht die Einsamkeit, die mich anrührten – es war Ergriffenheit. Ergriffenheit durch die unvorstellbaren Dimensionen dieser Natur. Sie richtete mich innerlich auf und trieb mich voran. Mit meinem weiteren Weg in dieser unwirklichen Gegend verschmolzen Innen und Außen zu einem sonderbaren Erlebnis. War es eine Illusion, ein Traum oder ein Wahn? Gab es denn noch eine Welt außerhalb meines Seins?

So betörend und faszinierend diese endlose Einsamkeit und schreiende Stille auch auf mich einwirkten, so gewahrte ich ebenso ihre gefährliche Sogwirkung. Ich musste von hier weg, wollte ich ihnen nicht ganz verfallen. Ein Gedanke so klar wie die reine Nachtluft, die den unsagbar dicht besternten Himmel mit dem Kreuz des Südens ohne jedwede lichtinduzierte Verunreinigung mit einer eindringlichen Intensität und schieren Greifbarkeit leuchten ließ. Ein Bild, das sich mir für immer und ewig auf die Netzhaut einbrannte.

Ich – Begegnung mit einem Dromedar

Ein neuer Tag entließ mich in eine Richtung, in der ich auf Menschen treffen konnte. Doch zunächst, wie aus dem Nichts, schritt in lautlosen, rhythmischen Bewegungen ein Dromedar auf mich zu. Verblüfft sah ich das struppige Tier auf mich zukommen. War das eine Sinnestäuschung, eine Fata Morgana? Doch nein – zutraulich, vielleicht auch froh darüber, auf einen Gefährten gestoßen zu sein, rieb das mächtige Geschöpf seinen Kopf an meiner Schulter. Vorsichtig ließ ich es geschehen. Halt, nein, das stimmt nicht! Im Gegenteil: Angstfrei ließ ich es zu und genoss die Berührung. Einige Worte von mir ließen das Dromedar aufhorchen und mich mit seinen sanften, dunklen Augen ansehen. In ihnen konnte ich mich spiegeln und mich in diesem Blick fast verlieren. Ein erster Schritt zur Zuwendung an ein Wesen war wieder getan. Meine Erlebnisse hatten dieses Bedürfnis nicht abschwächen können, es war unverändert in mir. Nach dieser kurzen, intensiven Begegnung würde es mir leichterfallen, wieder auf Menschen zu treffen.

Der Fall trat schneller ein als erwartet. Mein Proviant war nur noch ein Leichtgewicht, das Wasser ging zur Neige und so steuerte ich den einzigen Krämerladen weit und breit an einem Wegeknoten an, um meine Vorräte aufzufrischen. Dieser Laden war gleichzeitig Pub, Postamt und Tankstelle mit immerhin zwei Zapfsäulen. Meine Gier nach frischem Grün, gepaart mit Unvernunft, bestimmte mein Einkaufsverhalten. Tagträumend sah ich vor mir eine große Schüssel voll überquellender Salatblätter, Tomaten, Gurken, Zwiebeln, Knoblauch, schwarzer Oliven und Schafskäse.

Mariniert mit Essig, Olivenöl, Salz, Pfeffer und etwas Anismyrte. Ergänzt durch geröstetes Weißbrot. Dementsprechend kaufte ich ein, gut verpackt mit einem Eisbeutel und einer eisgekühlten Weinbox. Glücklich über meine unverhoffte Beute schlug ich den Weg zu meinem vorgesehenen Übernachtungsplatz ein.

Ich – die aufgelassene Bahnstation

Eine einsame, ursprüngliche Versorgungsstation war es. An einer aufgelassenen Bahnstrecke, bestehend aus zwei Häusern: dem alten, mit Brettern vernagelten Bahnhofsgebäude und einem wohl später erbauten flachen Wirtschaftsgebäude dahinter. Neben dem einstigen Gleiskörper, fest verankert und vor sich hin rostend, reckte sich ein mächtiger, hochbeiniger Wassertank in die Höhe. Besonders auffallend war sein langer Schwenkrüssel zum Befüllen der Dampfloks, die hier in ganz frühen Zeiten mit langen Zügen verkehrten und hielten.

Den Flachbau umgab ein kleines, eingezäuntes Areal zum Zelten oder zum Abstellen von Wohnwagen. Es war eine Klingel angebracht. Ich läutete. Die Glocke schrillte unangenehm laut, als wollte sie die ganze Umgebung alarmieren. Nichts rührte sich. Ich sah mich um. Auf dem Platz stand ein bereits von hartem Spinifexgras eingewachsener Wohnwagen. Er hatte wohl schon einiges an Naturangriffen durchgestanden. Ein fahrbereites, leicht lädiertes Auto älterer Bauart parkte unweit davon. Es musste wohl doch jemand hier sein? Nichts rührte sich, der sandige Platz brütete im heißen Sonnenlicht. Entschlossen ging ich auf den Wohnwagen zu und klopfte kräftig an die Tür. Klopfte nochmals und rief dabei: „Hallo, ist da jemand? Hallo!"

Es rührte sich nichts. Schon war ich im Weggehen begriffen, da öffnete sich knarzend die Wohnwagentür und ein drahtiges, verschrumpeltes Männchen sah mich fragend an. Ihn grüßend, stellte ich mich vor und fragte nach den Übernachtungsmodalitäten. Der Besitzer sei nicht hier, er aber von ihm dazu ermächtigt, Gäste zu empfangen und die Gebühr dafür entgegenzunehmen. Er nannte einen geringen Betrag, beschrieb mit weit ausholender Bewegung einen Kreis und gab mir damit zu verstehen, ich könne mich hier niederlassen, wo ich wolle. Mitten auf dem Gelände deutete er auf einen gemauerten Gasgrill, dabei lächelte er in sich hinein, als dächte er dabei an sein zuletzt darauf gebrutzeltes Känguru-Steak. Dann ging er voraus zum Flachbau. Dessen Hintertür führte zu einem Raum mit einer Deckendusche, großem Waschbecken und Toilette, beides durch eine mannshohe Trennwand voneinander abgeteilt. Doch was war das? Auf und in der brillenlosen Toilettenschüssel bewegte sich eine rätselhafte, konturlose, schwarz glänzende Masse. Kaltes Grauen überkam mich. Ängstlich deutete ich darauf und sah Brian, so hatte er sich vorgestellt, fragend an. Er schüttelte seinen Kopf mit dem zerknautschten Hut darauf und brummte verärgert: „These terrible frogs!"

Erleichtert atmete ich auf. Vor Fröschen fürchtete ich mich nicht, eher vor dem Millionenheer ihrer unsichtbaren Mitbewohner, die ihnen aufgrund dieses ungewöhnlichen Aufenthaltsortes anhafteten.

Brian wandte sich zur Toilettenschüssel und fuchtelte darüber mit den Händen. Zig kleine schwarze Frösche sprangen davon und verkrochen sich in dunkle Ecken und Ritzen, wo sie nicht mehr zu sehen waren. Als wenn nichts gewesen wäre, präsentierte sich die Kloschüssel in porzellanenem Weiß. Klar, dieser geschützte Ort war wie eine Oase in der Wüste für die Amphibien. Hier im Halbdunkel mit Feuchtigkeit und manchmal fließendem

Wasser, reichlich Fliegen, Spinnen und anderen Insekten herrschten für sie ideale Bedingungen. Ein Ort zum Überleben, bis es irgendwann einmal regnete. Je mehr ich über diese Tiere nachdachte, desto sympathischer wurden sie mir. Ja, ich fühlte mich geradezu mit ihnen verwandt. Schlaue, abwartende Überlebenskünstler in einer schwierigen Umgebung – so ähnlich wie ich. Und auch wie Brian. In diese abgelegene Gegend hatte er sich über den Sommer verzogen, um mit seinem Detektor nach Goldnuggets zu fahnden. Hier gab es wohl einige Stellen, die ziemlich erfolgversprechend waren und sind. Wie bei unseren ‚Pilzgründen‘ zu Hause verbietet es sich auch hier, danach zu fragen. Ich hielt mich an diese Regel, gab ihm mein Platzgeld und lud ihn auf einen frisch zubereiteten Salat griechischer Art am Abend ein. Er nickte mir zu und verzog sich wieder in seinen Wohnwagen, aus dem bald darauf berichtende und jubelnde Töne sowie ein Pfeifkonzert zu hören waren. Völlig ungewohnte Geräusche für mich nach der Zeit im großen Artesischen Bassin. Auch ungewohnt, den Wind hier auf der Haut zu spüren und zu sehen, wie er Ballen von Spinifex vor sich her trieb.

Ich – Griechischer Salat, Schlaf und Goldnugget

Das Abendessen gestaltete sich ungewöhnlich. Ich hatte alles geschnibbelt und schmackhaft mit einigen Raffinessen zubereitet, so wie es mir in meinem Tagtraum erschienen war. Es gab den üppigen Griechischen Salat, Weißwein und geröstetes Brot vom Grill. Die Teller waren gut gefüllt, garniert mit Streifen gegrillten Weißbrots, dazu zwei Becher weißen Weins. Stolz überblickte ich meine Minitafel. In dieser Umgebung etwas derartig ‚Anspruchsvolles‘ zuzubereiten, war schon eine besondere Leistung. Ich klopfte an Brians Tür, ging zurück zu unserer Tafel und wartete auf meinen Gast. Nach einer Weile öffnete sich die Wohnwagentür, Brian kam hurtig heraus und auf mich zu, nahm seinen Teller und seinen Becher, nickte kurz, ging zurück zum Wohnwagen und schloss die Tür hinter sich. Ich fasste es kaum. Sitzengelassen mit viel Appetit und einigen Fragezeichen. Mit dem Wort ‚Kulturunterschiede‘ akzeptierte ich achselzuckend diese Wendung, wandte mich meinem Abendessen zu und verputzte alles restlos. Danach sagte ich noch den Fröschlein gute Nacht und legte mich Schlafen.

Geweckt wurde ich durch die Wärme der Sonne. Kein Laut war zu hören und ich brauchte einige Zeit, um mich zu orientieren. Schon am frühen Morgen wurde es sehr heiß und ich musste aufstehen, ob ich wollte oder nicht. Auf der Minitafel des gestrigen Abends stand noch mein ungespültes Geschirr. Daneben ein sauber gewaschener Teller nebst ebenso sauberem Becher. In der Tellermitte bewegte sich leicht, durch die Morgenbrise veranlasst, ein Papierabriss mit einem hingekrakelten „thanks, great". Festgehalten und beschwert durch ein kleines, in der Sonne gelb glänzendes Goldnugget. Vorsichtshalber rieb ich mir die Augen und sah nochmals hin: dasselbe Bild. Das war wohl die spezielle Art eines Goldsuchers, sich für erwiesene Aufmerksamkeiten zu bedanken. Das hatte Stil! Das würde ich nie vergessen. Das Nugget begleitet mich heute noch.

Das leicht lädierte Auto war verschwunden. Brian war bei der Arbeit. Ein paar Worte des Dankes und meine Freude über seine freundliche Art schrieb ich auf ein Blatt Papier, steckte es an seine Wohnwagentür, sah noch einmal nach den schwarzen Überlebenskünstlern und machte mich auf den Weg.

Fragen meines Inneren bestürmten mich. War ich nun wieder bereit, mit Menschen zu kommunizieren, mich mit ihnen einzulassen oder gar mit ihnen eine Beziehung einzugehen? Verbargen sich noch seelische Trümmerreste in mir? Ich war mir nicht im Klaren darüber, wusste es nicht und würde es wahrscheinlich vorsichtig ausprobieren müssen. Andererseits drängte es mich auch nicht danach. Ich fühlte mich frei, ungebunden, voller Ideen und Träume.

Ich – Aufbruch zum nordwestlichsten Kap

Stets nach vorn blickend, erreichte ich eine weitläufige Ansiedlung am Ende einer Halbinsel. Dieser Ort war bekannt aus den Nachrichten als Angriffspunkt für Zyklone, ihn wollte ich sehen und erleben. Schon an dezenten Hinweisen konnte ich ablesen, wo ich angestrandet war: Auf dem ‚Campground‘ gab es betonierte Stellplätze mit eingelassenen starken Stahlankern und Abflussrinnen. Die Botschaft war klar: „Willst du hierbleiben, gurte dich an!“ Und: „Es könnte sehr nass werden.“

Die Ortschaft selbst unterschied sich nicht sehr von den anderen wenigen dieser Gegend. Auffällig war nur, dass es keines der typischen, ursprünglichen Wohnhäuser mit ausladenden Veranden oder verspielten Gauben mehr gab. Sie waren allesamt dem letzten, wirklich extremen Zyklon vor etlichen Jahren mit den höchsten je gemessenen Windgeschwindigkeiten zum Opfer gefallen. Ein Trümmerort für nahezu zweitausend Einwohner. Sie blieben, um ihre prestigeträchtige Ansiedlung am nordwestlichsten Punkt des Kontinents wieder aufzubauen und neues Leben darin einziehen zu lassen. Prestigeträchtig für sie deshalb, weil sie als auserwählter Ort einer überseeischen Macht für deren störungsfreie Kommunikation zwischen ihren Hauptquartieren und der Flotte ihrer Unterseeboote ausersehen war. Zahlreiche, extrem hohe Gittermasten, verbunden durch ein Netz von Stahlseilen, bildeten diese hochtechnische Anlage. Sie wirkte auf mich wie eine gigantische Vogelvoliere für den ausgestorbenen Riesenvogel ‚Roc‘. Hier, in dieser weltentlegenen Gegend, hielt ich alles für möglich. Die Gelassenheit der Einwohner war beneidenswert und beeindruckend. Nicht nur gegenüber fremden Mächten samt deren Ansprüchen, auch gegenüber Naturgewalten. „Zyklone kommen und gehen", war nur einer dieser Sprüche, die hin und wieder zu hören waren. Er klingt mir noch im Ohr.

Wir – waren schon einmal hier

Schon einmal waren wir hier – vor ein paar Jahren – zusammen. Bei unserer frühabendlichen Ankunft am Ort hatte sich der Himmel bereits verdüstert und ließ nichts Gutes ahnen. Deshalb fingen wir sofort damit an, unser kleines Zelt fest auf der Betonplatte zu vertäuen und einigermaßen sturmsicher zu machen. Wir wussten nicht, was uns wirklich erwarten würde. Währenddessen verdunkelte sich der Himmel mehr und mehr, wurde blauschwarz und drohend schwer. Wir meinten, er würde gleich auf uns herunterfallen oder uns verschlucken. So eine Himmelsschwärze hatten wir noch nie zuvor erlebt. Zunächst regte sich kein Lüftchen und kein Vogel war mehr zu sehen oder zu hören. Bleischwer lastete die tropische Hitze auf und über uns. Plötzlich zuckten erste, beeindruckend zackige Blitze orangegelb über den weiten Himmel. Dann immer noch mehr, schneller und noch greller.

Wir – der Zyklon

Die Summe dieser extremen Erscheinungen war das Startzeichen für uns, den Zeltreißverschluss hochzuziehen und alles dichtzumachen. Geradezu lächerlich war es, wie wir glaubten, uns in unserem Winzigzelt vor diesen Naturgewalten verkriechen zu können. Es bot uns lediglich imaginären Schutz und Sicherheit. Erste, dicke Regentropfen fielen, die Luft roch schwefelig, der herrschsüchtige Wind drehte mehr und mehr auf, legte es geradezu darauf an, mit seinen durchdringenden Pfeiftiraden unsere Angst zu schüren. Doch mit dem Wenigen, das wir hatten, um uns zu schützen, waren wir gut vorbereitet. Und dann ging es richtig los, steigerte sich zu einem Tremendo in einer Weise, als wolle das Meer vom Himmel fallen und orkanartige Stürme es wieder wegfegen, als wollten grelle Blitze uns anleuchten, um uns dann zielsicher mit ihrer zerstörerischen Energie zu treffen, und als wollten dröhnende Donnersalven versuchen, uns klein und noch kleiner zu drücken. Weniger oder noch kleiner ging aber nicht.

Furchtsam aneinandergeklammert und zusammengekauert saßen wir unter dieser dünnen Haut und warteten auf das, was noch kommen wollte. Der Himmel spie alles über uns aus, was er bisher nur dosiert abgegeben hatte und was seit Längerem darauf wartete, von ihm weggeschleudert zu werden. Ein Toben, Tosen, Peitschen, Wasserrauschen, Ächzen und Dröhnen erfüllte unsere Umgebung. Der Sturm riss wütend und ungeduldig an unserem Iglu, als wolle er nicht glauben, dass dieser lästige Pickel immer noch stand.

„Weg damit, fort mit euch, das ist mein Spielplatz. In dieser Gegend will ich mich immer und immer wieder austoben. Ihr stört massiv, verschwindet!"

Das war seine Botschaft an uns. Wir hatten endlich verstanden. Als hätte jemand den Strom abgestellt und das Wasser abgedreht, war von einem Moment auf den anderen Ruhe. Es funkelte nur noch ein berauschendes Sternenmeer über uns, als wäre nichts gewesen. Allein das Gurgeln des abfließenden Wassers war zu hören. Die Luft, nun rein und frisch, roch würzig nach Myrten. Es war angenehm warm. Völlig erschöpft fielen wir, trotz der Nässe überall, in einen tiefen, traumlosen Schlaf.

Wir – die Überschwemmung

Einsichtig verließen wir am nächsten Morgen den Platz. Vorbei an verwüsteten Anlagen und weithin überschwemmten Flächen. Umleitungen ließen uns wissen, dass hier kein Fortkommen in diese Richtung sei, denn trockene Bachbetten waren zu reißenden Strömen angeschwollen. Selbst Brücken waren überflutet. So irrten wir durch diese mitgenommene Gegend und suchten nach einem Schlupfloch. Wir fanden eines, wanden uns hindurch und spürten Sandwege auf, die direkt zum Ozean führten. Also in die Richtung, wohin sich alle Wasser ihren Weg bahnten und wir in ihrem Sog mitschwammen.

Wir – Flucht zum Wrack

Die endlos lange, einsame Küstenlinie war felsig zerklüftet und steil abfallend. Ein Bollwerk gegen die anrasenden Wogen eines scheinbar unendlichen Meeres, vergesellschaftet mit orkanartigen Stürmen, die immer wieder darüber hinwegfegten. Eine Brandung von unermesslicher Kraft und Energie. Sie war imstande, Ende der Achtzigerjahre des letzten Jahrhunderts in einer stürmischen Nacht einen riesigen Salzfrachter gegen diese Festung zu treiben, ihn so zu zerschmettern, dass er zwischen den Felsen hängen blieb. Trümmer dieses stählernen Riesen lagen in weitem Umkreis verstreut. Mühsam vorantastend, bahnten wir uns einen Weg hinunter zu diesem Wrack. Stacheliges Buschwerk, huschendes Getier, tückisches Geröll und eine brennende Sonne versuchten im Verein, unser Vorhaben zu vereiteln. Als wollten sie das Mahnmal vor Eindringlingen schützen. Schließlich gelang es uns, den schmalen, von großen Steinbrocken übersäten Strand zu betreten und uns dem toten Koloss zu nähern. Hier, zwischen den Felsen, war er gewaltsam gestrandet. In zwei riesige Teile zerbrochen, die sein Innerstes freigaben.

Wie viele Menschen an Bord hatte dieses Unglück in Furcht und Schrecken versetzt? Den Naturgewalten ausgeliefert, hatten sie diesen wohl noch tapfer getrotzt, gegen sie angekämpft, um schließlich angeschlagen, schwer verletzt oder gar getötet durch die Wucht des Aufpralls und Auseinanderbrechens des Frachters auf den felsigen Strand oder in die wütende See geschleudert zu werden. Diese Vorstellungen und Gedanken zwangen uns zum Innehalten auf einen Felsblock nieder. Schweigend, voller Achtung gegenüber dem längst Geschehenen, betrachteten wir die gespenstische, vor sich hinrostende Szenerie. Ab und an erschreckte uns ein tiefes Ächzen, Seufzen und Stöhnen der im Großen und Ganzen noch ziemlich intakten Überreste, ein Quietschen und Schaben der Stahlplatten zwischen dem Gestein oder ein dröhnendes Wumm, wenn eine größere Welle auf den Havarierten traf.

Wenn wir bisher von Schiffswracks gehört oder gelesen hatten, war das eigentlich immer mit der Vorstellung von Abenteuer oder gar Schatzsuche verbunden gewesen. Doch jetzt, im Angesicht dieses Schiffbruchs, kam keine dieser Assoziationen auf. Ein beißender Geruch von sich zersetzenden Farbschichten, Teer und anderen vergammelnden Substanzen wehte uns hin und wieder an und ließ uns, gepaart mit unserer Ehrfurcht, davon Abstand nehmen, ‚an Bord zu gehen‘.

Diesmal jedoch blieb der Wirbelsturm für mich aus. Kein auch noch so unbedeutender Zyklon weit und breit. Die nordwestlichste Spitze döste ruhig und friedlich unter ihrer sommerlichen Hitzeglocke vor sich hin. Weithin sichtbar, auf der Spitze eines felsigen Hügels, thronte ein gedrungener Leuchtturm. Er war aus Sandstein errichtet worden, hatte allen Stürmen getrotzt und blieb damit ein zuverlässiger Fixpunkt für die Seefahrer.

Es war Nachmittag, die Sonne stand jetzt, Ende Dezember und am südlichen Wendekreis des Steinbocks, noch fast senkrecht über mir. Im tiefen Himmelblau, getüpfelt mit ein paar kleinen Schäfchenwolken, segelte ein Keilschwanzadlerpaar in weiten Kreisen und kontrollierte das Geschehen unter sich, stets bereit, sich auf eine erspähte Beute hinabzustürzen. Hier schien die heimische Tierwelt noch in Ordnung. Ein kantiger, rotbrauner Felsbrocken im Sonnenschutz eines hochgewachsenen Sennastrauches lud mich ein, anzukommen, zu rasten und die Umgebung in mich aufzunehmen. Dankbar für dieses Angebot, ließ ich mich nieder, erfreute mich am, wenn auch staubigen, Grün hier in der Runde und genoss den Augenblick. Völlig losgelöst von allem saß ich mit weit geöffneten Sinnen und staunte. Wenig scheue Kängurus ruhten meist langgestreckt im lichten Schatten von Mulgasträuchern, ein weißgelber Kakaduschwarm fiel ohrenbetäubend krächzend in eine Eukalyptus-Baumgruppe ein, um gleich wieder, durch irgendetwas aufgeschreckt, kreischend zu verschwinden. Dadurch ließ sich ein majestätisch heranschreitendes Emu-

männchen mit seinem Gefolge von fünf Jungvögeln nicht
stören. Sie stolzierten, hier und dort etwas aufpickend, uner-
schrocken dicht in mir vorbei. Neugierig geworden, wer da
in seinem Revier zu Gast sein mochte, streckte ein Goanna
seinen züngelnden Kopf aus dem Gestrüpp, um sich danach in seiner ganzen langen Pracht zu zeigen. Ein sand-
farbenes Echsenexemplar, übersät mit einer Unzahl weiß-
schwarzer Pünktchen, bestimmt eineinhalb Meter lang. Ein
Relikt aus der Urzeit musterte mich da, offenbar in Erwartung einer milden Gabe.

„Ein Früchtchen wäre nicht schlecht", schien er sagen
zu wollen. Doch leider Fehlanzeige bei mir.

Gemächlich trollte er sich wieder ins Gebüsch davon.
Kleinere Verwandte von ihm, verschiedene Eidechsenarten,
huschten auf der Jagd nach Insekten geschäftig hin und her.
Egal wo man auch hinsah, regte und bewegte es sich.

Der Tag schritt voran und auf dem ,Laufsteg' wurde es
nun ruhiger – die ,blaue Stunde' setzte für mich ein.

Da traf es sich gut, dass ich einen komfortablen Pool
unterhalb des Leuchtturms für mich alleine nutzen konnte,
um spielerisch meine Runden zu drehen. Die durch das
Salzwasser verminderte Schwerkraft ließ auch meine Ge-
dankenströme leichter und gleichmäßiger dahinfließen. Im
Wasser, auf dem Rücken liegend als ,Toter Mann', blickte ich
in den sich von blau nach rot verfärbenden Abendhimmel
und war – glücklich. Derweil sandte der Leuchtturm über
mir sein für ihn typisch definiertes Leuchtzeichen auf das
ruhige Meer.

Das trockenheiße Klima dieser Gegend tat mir gut. Mit
einer ständigen Brise, vom Ozean her wehend, empfand ich

es als sehr wohltuend. Morgen wollte ich auch unbedingt in der warmen Bay, etwas südöstlich von diesem Ort, schwimmen und mich von der Strömung treiben lassen – die totale Entspannung – so stellte ich es mir vor.

94

Ich – am Riff

Mein Traum erfüllte sich am nächsten Tag. Ein blendend weißer Sandstrand, gebildet aus Korallen, Korallen und nochmals Korallen. Dazu türkisfarbenes, scheinbar ruhiges, kristallklares Meerwasser an der Oberfläche. Doch eine tückische Strömung lauerte darunter. Die Sonne ließ den Sand so heiß werden, dass ich ihn ohne Schuhe nicht betreten konnte. Ich schützte mich vor dieser unbarmherzigen Strahlung, indem ich mich, vollständig bekleidet, von der starken Drift mitreißen ließ. Ich erschrak nicht. Vom Hörensagen darauf vorbereitet, machte es mir keine Angst. Ich würde von da aus ans nahe Riff getrieben werden, wo mich eine kunterbunte Unterwasserwelt erwartete. Aus dem Staunen kam ich nun nicht mehr heraus. Diese farbige Formenvielfalt der Korallenbänke und deren lebhaft lebendige Umgebung ließen mich alles Bedrückende vergessen. Derartig Wunderbares hatte ich noch nie vor mir gesehen. Unglaublich, ich mittendrin in diesem maritimen Theater. Von neugierigen großen wie auch kleinen, in allen Farbschattierungen und Mustern schillernden Fischen umschwärmt, manchmal leicht gezupft und angestubst zu werden, als wollten sie mich auffordern, in ihrer Aufführung mitzuspielen. Als Publikum ein imposanter Manta, der wie ein riesiger Vogel mit ruhigem Flügelschlag an mir im Wasser vorbeischwebte und keinerlei Notiz von mir nahm, sowie eine lebhaft paddelnde Meeresschildkröte. Kleinere Riffhaie lagen unbeweglich, offensichtlich gelangweilt durch das Theater über ihnen, zwischen verästelten Korallenstämmen. Einzelne prächtige Exoten zeigten sich distanzierter im Hintergrund, wollten aber anscheinend doch bewundert werden, da sie durch verführerisches Fächeln mit ihren bizarr geformten Flossen auf sich aufmerksam machten. Von einer schwarzweiß geringelten Seeschlange nahm ich selbst in vorsichtigen, gemächlichen Schwimmzügen Abstand und scheuchte dabei einen Oktopus auf, der sich unbeweglich unsichtbar gemacht hatte. Seine Flucht geriet blitzschnell und extrem farbverändernd, dabei hinterließ er eine Tintenwolke zur Vernebelung etwaiger Verfolger. Fast musste ich lachen. Diese Welt hier, knapp unter der Wasseroberfläche, wirkte so stark befreiend, ursprünglich und herzerfrischend. Sie hatte ihre eigenen Spielregeln und faszinierte allumfänglich. Es fiel mir schwer, mich davon loszureißen.

Ich – traumverlorenes Tänzeln zwischen Trümmern

Noch einmal zog es mich an einen einsamen, naturgewaltigen Ort. Nicht zu dem brachialen Auslöser, dem unsere Beziehung nicht hatte standhalten können, sondern einem anderen, ähnlichen, um ihn in meiner jetzigen Verfassung, mit Abstand, zu erleben und auf mich wirken zu lassen. Ich wollte dem eigentlichen Grund, der uns wie das Wrack des Salzfrachters in zwei Teile hatte auseinanderbrechen lassen, nachspüren und ihn verstehen lernen. Mein bisheriger Weg nach unserer Havarie glich einem traumverlorenen Tänzeln zwischen Trümmern. Gegenwart und Erinnerungen verwoben sich zu einem Flickenteppich. Meine Schritte führten mich von hier nach dort, zusammenhangslos. Die Route wollte kein mäandernder Fluss mehr werden, schon gar nicht eine Traumreise, so, wie sie ursprünglich geplant gewesen war. Es gab für mich kein vorgegebenes Ziel mehr in dieser Art des Unterwegs-Seins. Mein Weg führte in die Beliebigkeit. So wählte ich aus ihr die Südspitze einer Insel im äußersten Südosten des leeren Kontinents. Sie schien mir ein passendes Symbol für zwei starke, fest miteinander verbundene Teile zu sein. Weit, weit weg von allem. Von ihr, so glaubte ich, würden starke Impulse für mich ausgehen.

Ich – Versuch einer Klärung

Dieses Eiland – eigentlich müsste ich davon im Plural sprechen, denn zwei Teile dieser kleinen Landmassen hingen aneinander, nur durch einen schmalen, langen und leicht gebogenen Landstreifen miteinander verbunden. Eine Halbmond-Bay links, die andere Hälfte rechts davon. Die daran von beiden Seiten zerrende See konnte die beiden Inselteile – Nord und Süd – nicht auseinanderreißen. Ja, Nord und Süd, das schlechthin Polarisierte, waren selbst in Jahrtausenden oder gar Jahrmillionen an diesem Ort nicht voneinander zu trennen. Der Isthmus bildete ein zu starkes Band. Und wir? Ähnlich zwei Polen mit fragiler Verbindung. Wir Memmen schwächelten allein schon beim Anblick des Aufeinanderprallens zweier Meere, die wir als verfeindete Zentauren sahen. Das lautstarke Krachen ihrer Körper und Schädel bei der galoppierenden Konfrontation ließ uns, ihr Publikum, getroffen und fast ohnmächtig, einzeln die Arena verlassen. Wenn wir nicht einmal imstande waren, den Kampf zweier streitbarer Parteien auszuhalten, was konnte denn dann überhaupt noch Bestand haben? Fragen über Fragen. Die beruhigende Natur um mich herum hätte für uns nichts bewirken können. Weder im Guten noch im Gegenteiligen. Sie hätte uns in einem trügerischen Status Quo gehalten. Es wäre nur ein Aufschub gewesen. Wirklich gute Verbindungen müssen deutlich mehr aushalten.

Eine traumverlorene Wanderung durch die lichten Eukalyptus- und Akazienwälder brachte mich wieder auf meinen Weg. Frische Aromen und bunte Blütenbüschel wisperten mir zu: „Hier ist nichts ranzig und abgestanden, hier findet ein lebendiger Wechsel der Jahreszeiten statt."

Von aller Weite aus zu sehen, gab mir ein hoch gebauter, weißer Leuchtturm meinen weiteren Weg vor. Wie ein riesiger Zeigefinger reckte er sich am höchsten Punkt der Küstenlinie in die Höhe und signalisierte den vorbeiziehenden Schiffen: „Hier bin ich, richtet euch nach mir!"

Galt das nur den Schiffen? Bestimmt nicht. Dieser Imperativ gefiel mir, vermittelte er doch auch mir ein Stück Sicherheit. Dahin wollte ich.

Ich – der Hüter des Leuchtturms

Auf dem Weg dorthin begegnete ich einem eifrig Notizen machenden ‚Eingeborenen‘. Halt, nein, bei näherem Hinsehen entpuppte er sich als ein offenbar weit von seinem Herkunftsort versprengter Angehöriger der Maori. Seine Heimat lag noch ein ganzes Stück weit entfernt auf zwei großen Inseln im Osten von hier. Die Ureinwohner der hiesigen Insel gab es schon lange nicht mehr. Sie waren von den europäischen Eroberern gnadenlos gejagt und ausgerottet worden. Ein trauriges Vergangenheitskapitel, von dem Moreno, so stellte er sich mir vor, erzählte. Klimaforschungen hatten ihn hier stranden und Fuß fassen lassen. Seine Zufriedenheit mit diesem entlegenen Ort schien aus all seinen Poren zu strömen, ja nachgerade seine Haut und Haare zu salben und ihn mit einem fremden Zauber zu umgeben. Hier ruhte ein kraftvoller Mensch in sich. Mit seinem Sein und Tun im vollkommenen Einklang. Diese damit verbundene Ruhe und Stärke war für mich deutlich zu spüren. Wurde ich neidisch? Ganz und gar nicht! Für mich war er in seinem ‚Sosein‘ einfach nur Vorbild, zum Nacheifern höchst geeignet. Könnte ich auch so werden, so unabhängig sein? Diese Gedanken kreisten in mir, gleich einer Spirale, und verengten sich auf einen Punkt: Der Leuchtturm – ich muss hinauf!

Moreno war der Hüter dieser Anlage und nicht nur für sie. Einige seiner Messinstrumente befanden sich in den oberen Turmzimmern und er hatte die Schlüsselgewalt inne. Er wohnte am Fuß dieser Landmarke windgeschützt in seiner Forschungsstation und schien Herr über sich selbst, seine Umgebung und über seine Tätigkeit zu sein.

Ich – mehr sehen auf dem Leuchtturm?

Er rief mich, ich kam und durfte eintreten. Schraubte mich die gewendelte Treppe hinauf und stand plötzlich am Leuchtfeuer und über den Dingen. Zwei Welten begegneten mir hier. Die bekannte, vielgestaltige lag zu meinen Füßen. Die andere, luftige, breitete sich über mir bis zum Horizont aus – der Linie, an der unten und oben aufeinandertreffen. Und ich wusste ebenso, was ich sah, war nicht alles. Dahinter ging es immer weiter und weiter. Diese Sicht, die Übersicht, erregte und beruhigte mich gleichzeitig. Großartigkeit breitete sich nach allen Richtungen vor mir aus. Und ich, Teil des Ganzen, fühlte mich mit einem Mal so winzig, bedeutungslos, geradezu verloren. Eine ganz leise Stimme in meinem Inneren raunte mir zu: „Du bist doch auch ein kleiner Teil dieser Großartigkeit, lebe sie!"

Doch – war ich dazu schon imstande? Ich fühlte mich weiterhin so niedergedrückt, erkannte hier oben aber klar, dass Zeit und Distanz hilfreich sein würden.

Wir – vor Jahren

Vor langer Zeit standen wir einmal am Rand der alten Welt. Genau an dem Punkt, an dem die Seefahrer und Entdecker neuer Kontinente in See stachen. Eine große, begehbare, mit Steinen angelegte Windrose auf dem Erdboden zeigte den Abenteurern die Windrichtungen an und damit ihren Weg in die Fremde. Viel später dann errichteten deren Nachfahren an diesem Punkt der steil abfallenden Küste einen beeindruckenden Leuchtturm. Ein Wunderwerk der Technik zur damaligen Zeit. Dieses Bauwerk verleitete uns damals dazu, den Leuchtfeuern am Rande der Meere mehr Aufmerksamkeit und Achtung zu zollen. Sie waren und sind es, die den Fahrenden auf allen Meeren Sicherheit und Orientierung geben.

Die Erleuchtung auf dem weißen Turm verlangte von mir Zeit und Distanz. Das konnte nur bedeuten, wieder auf heimatliches Terrain zurückzukehren, weg von der Sehnsucht und den Träumen der Ferne – hin zum kalkulierbaren Bekannten. Zwei Extreme, die mich immer wieder hin und her schwanken ließen. Doch der Weg, das große Muss, schien klar: wieder unter Menschen, in Gesellschaft sein. Mich wieder einflechten in verzopfte Muster unserer alles diktierenden Kultur. Das könnte mir wieder etwas innere Stabilität verschaffen – eine Möglichkeit, immerhin. War dafür mein Abstand nicht schon zu groß? Konnte ich überhaupt noch zurück?

„Immer diese Einwände, diese Ängstlichkeit – ich hasse mich dafür!" So schalt ich mich und kehrte zu meinen Ursprüngen zurück.

Ich – oberhalb des nördlichen Wendekreises

Wieder zurück an meinem langjährigen Wohnort angekommen, bestätigte sich einerseits meine ‚Leuchtturm-Erkenntnis‘, Zeit und Distanz zu benötigen, andererseits beschlichen mich auch hin und wieder Zweifel. Ich befand mich zwar zu Hause, doch ich fühlte mich nicht mehr daheim. Das Hin-und-Hergerissen-Sein zwischen zwei Polen schwächte mich zusätzlich. War es vor einiger Zeit das Bild des auseinandergebrochenen Wracks gewesen, das mich beherrschte, war es nun die Unmöglichkeit, den komplizierten Strickmustern unserer Gesellschaft zu entsprechen. Das Wiedereinflechten misslang mir gründlich. Die Ferne, das Andere, das Gesehene und Erlebte dort, war faszinierend und erfahrungsstark gewesen. Es hatte mich für das schon immer Gewohnte gründlich verdorben. Mein Horizont hatte sich deutlich erweitert. Und ganz weit dahinter, da wähnte ich einen Platz für mich.

Ich – Rückkehr – unterhalb des südlichen Wendekreises

Ein Brief brachte den Stein ins Rollen. Er kam aus einer quirligen Hafenstadt an der Westküste des bereisten Kontinents. Die wohlwollenden Freunde von dort schickten mir eine Einladung zu einem Aufenthalt bei ihnen. Geplant sei auch eine mehrstündige Flussfahrt an den, zum Teil sonst unzugänglichen, Flussufern entlang. Zu erwarten, aber nicht zu garantieren seien die Beobachtung der Schwarzen Schwäne, zahlreicher Pelikane sowie eines Flussdelphin-Konvois. Im Kreis einer unterhaltsamen Gesellschaft von Freunden und Bekannten auf der Motoryacht sollte ein gemeinsames ‚Barbie‘, ein BBQ, den Abend abrunden. In vorsichtigen Formulierungen merkten sie an, dass auch mein einstiger Partner daran teilnehmen werde. Zuerst die helle Freude, dann diese Einschränkung. Konnte ich ihm zu diesem Anlass gegenübertreten? Wollte ich das? Tausende von wirren Gedanken kamen und gingen. Ich schlief darüber. Unruhig zwar, aber mit einer klaren Entscheidung beim Erwachen: „Ich werde die Einladung annehmen. Der Begegnung will ich mich stellen. Das bringt mir und uns Klarheit.“

Immer einmal wieder, in der kurzen Zeitspanne danach, hinterfragte ich meine Haltung dazu, aber sie war für mich stimmig: Etwaige Zweifel und Hindernisse sollten für die Zukunft ausgeräumt sein. Mein Inneres war in Aufbruchsstimmung. Dies beflügelte meine Wünsche und Träume und trug mich mit ihnen in die Ferne.

Wir – in ruhigeren Wassern

Die Ferne umarmte mich, hieß mich willkommen und ich – ich fühlte mich heimisch. Angekommen. Unser Aufeinandertreffen fiel ungewöhnlich aus. Beherrschten bisher Erinnerungen an Streit, Verletzungen, Abwendung und schließlich Bruch meine Gedanken und Gefühle, war es plötzlich ein positives Wiedererkennen. Ein mir zugeneigter Mensch bemühte sich hier um Befriedung und gab mir damit zu verstehen: „Es tut mir leid!"

Unser Grundvertrauen zueinander war sicherlich heftig angeschlagen, aber es war noch vorhanden. So konnten wir, anfänglich etwas schüchtern, aber unverkrampft, gemeinsam und nebeneinander über die Reling in den Fluss schauen und die uns begleitende Delphinschule beobachten. Gleichmäßig durch das klare Wasser gleitend verfolgte uns die silbergraue Gruppe. Immer wieder, als würden sie sich gegenseitig dazu animieren, zeigten sie uns durch artistische Sprünge aus dem Wasser ihre metallisch glänzende Schönheit und Lebensfreude. Mit der lärmenden Stimmung und der Musik an Bord wollten sie wetteifern durch lebhaftes Pfeifen, Klicken, Knarren und Quietschen. Und wir? Hier, unter bekannten Menschen, unverfänglich vereint, genossen wir den besonderen Augenblick in der gemeinsamen Betrachtung. War das ein zarter Neubeginn oder ein freundschaftlicher Abschied? Wir wussten es nicht, ließen es offen und wollten uns Zeit geben. Zeit geben, um uns darüber klar zu werden und zu wissen, was für jeden von uns Sache war. Zeit war der Ursprung, Distanz die Folge. Geklärt zur weiteren Läuterung, gingen wir wieder auseinander.

Ich – die Nase im Wind

Befreit von den Lasten der Vergangenheit, folgte ich dem Angebot einer ausgeschriebenen, interessanten Praktikantenstelle. Sie war wie auf mich zugeschnitten mit meinen Neigungen und Voraussetzungen. Und sie versprach, mir Zeit und Distanz auf einer weit entfernten Insel zu gewähren. Zudem war diese mir ganz und gar nicht unbekannt. „Wissen Sie, was ein Sehnsuchtsort ist? Ja? Genau dort liegt er."

Seit einiger Zeit beobachte und messe ich dort pflanzliche Entwicklungen bei Wind und Wetter, kreuze Tabellen an und mache akribisch meine Aufzeichnungen. Bei Fragen wende ich mich an Moreno, den begeisterten Klimaforscher und WG-Partner, oder auch an die kompetente Claire, Rangerin des Nationalparks und mittlerweile auch Freundin. Gemeinsame Erlebnisse unterschiedlichster Art festigten unsere bisherige Gemeinschaft. Die überwältigende Natur um uns herum und unsere Schutzbemühungen für sie tun das Ihrige dazu. Oft frage ich mich, warum so viele, verschlungene Umwege nötig waren, um an diesen erfüllenden Punkt zu gelangen. Es ist wohl die Summe aller Erfahrungen, die uns Einsicht und Erkenntnis bringt und uns zu dem macht, was wir in jenem Augenblick darstellen.

Die scharfkantigsten Trümmerteile habe ich hoffentlich hinter mir gelassen. Meine Träume befinden sich im Aufwind.

„philosophiert mit William Carlos Williams am Nachmittag über graue Haare und weiße Pflaumenblüten."

WIE PFLAUMENBLÜTEN WEISS

Er betrachtet sich im Spiegel. Spielerisch. Fahndet akribisch nach einem lästigen Mitesser hier und einer winzigen Pustel da, kann beim besten Willen nicht fündig werden und konzentriert sich nun auf seine Falten. Längs, quer, schräg. Nach allen Richtungen breiten sie sich unverschämt aus. Nicht so wohlgeordnet, markant und sexy wie bei George Clooney. Seine führen ein störrisches Eigenleben. Völlig uncool. Gehorchen weder seinen Bemühungen, sie mittels Grimassierens, einer Form kreativer Gesichtsgymnastik, zu zähmen, noch durch Massagen mit kosmetischen Tinkturen und pflegenden Balsamen. Wollen ganz einfach auf ihre Art sein Gesicht zeichnen und strukturieren. So weit zur Statik. Einmal in Bewegung geraten, sind sie in ihrem Drang zu oszillieren schwer zu bremsen. Unkontrollierbar!

In einem Interview mit einem Künstler* hatte er gelesen, wie dieser zu seinem Äußeren stand. Dieses Statement imponierte ihm mächtig, vor allem deshalb, weil der Künstler gleichsam daraus ein Kunstwerk zu formen wusste. Aus Egons bewundernder Erinnerung heraus klingt das so: *„Meine schönste Skulptur ist meine Stirn, deren dünne Zeilen die Haut vernetzen, kräuseln, wirbeln, zwirbeln, je nach Leid oder Lust …"*

Ui, seufz! Tief schnauft er bei diesen Gedanken ein und durch, dann nochmals ein tiefster Atemzug. Seine Brust weitet sich, wird breiter, sieht wirklich toll aus – dieser Spiegel ist absolut zuverlässig –, um dann, nach bemerkenswert langer Zeit des Luftanhaltens, wie ein losgelassener Ballon ohne Verschluss zusammenzuschnurren. Schlaff, verknittert, eingesunken. Seine wahre, seine traurige Gestalt. Ein Don Quichote der Selbstoptimierer. Ächz, stöhn. Die Luft ist raus, er macht sich nichts vor. So ehrlich denkt er von sich und sieht noch das Bild des Künstlers vor seinem inneren Auge: Eierkopf, spärlicher Flaum, Falten.

Egon blickt entschlossen in sein Spiegelbild und sieht darin Hoffnung aufkeimen. Zu ihm spricht er die erlösenden Worte: „Sich schön reden, ja das ist es. Ein Poesie der Makellosigkeit von sich geben."

Im Fokus nun seine Bartstoppeln. Kontrollierendes Darüberstreichen mit seinen gepflegten Händen. Kratzendes Geräusch. Männlich? Oder nur schlampig? Zu hastige Nassrasur – nicht gut. Dreitagebart? Geht gar nicht, ungleichmäßiger Bartwuchs. Eher länger, das passt. Doch die Farbe? Sie hat Klasse. Silbrig konturiert sie seine ausdrucksstarken Wangen, betont schimmernd seine kräftigen Kieferbögen und das kantige Kinn. Ein dunkler Punkt markiert sein Kinngrübchen. „Frivol" nannte es einst eine interessante Frau und machte ihn stolz darauf. Ab sofort: „Kinn in die Höhe!"

Die bisherige Ausbeute seiner Selbsterkundung? Er würde behaupten: „Nicht schlecht. Oder?"

Noch erkennt man ihn in einem Bad in der Menge von aller Weite. Warum? Es sind seine unverschämt gut aussehenden grau melierten Haare.

„O meine grauen Haare!" – So würde er von seinen Vorzügen schwärmen. Fülligwellig, Strähnen in changierenden Halbtönen von Schwarz und Weiß, schimmernder Metall-

glanz. Ein lebendig wirkender Schopf erster Klasse und von ungewöhnlicher Eleganz. Sein ganzer Stolz.

Frühling. Seine Jahreszeit. An ihr macht er seine persönliche Zeitrechnung fest. Noch blickt er erwartungsvoll nach vorn. Es macht ratatatateit … im Nu verfliegt die Zeit. Schon wieder ein Frühjahr … und noch eines … Die Zeit rennt nach vorn. Er will nicht mitrennen. Er will sie aufhalten. Sich dagegenstemmen. Denkt sich zurück in den Frühling seines Lebens. Immer lieber. Immer öfter.

Vergisst hie und da die Spiegelkontrolle. Dann, eines Tages, denkt er daran. Nach langer Zeit. Schaut. Betrachtet sich lange. Bringt seine wilden Falten zum Tanzen. Bewegte Mimik unter seinem fülligen Stolz. Überlässt es dem Spiegelbild für ihn zu sprechen:

*„Frühling. O meine grauen Haare! Wirklich, ihr seid wie Pflaumenblüten weiß."***

Seufz, staun. Egon ist ergriffen. Von seinem Spiegelbild so schöngeredet zu werden.

„O mein treuer Spiegel! Wirklich, absolut zuverlässig. So poetisch. Eine Poesie der Makellosigkeit."

---

  *   Erwin Wurm
 ** William Carlos Williams

 „schlussendlich in heißem Sehnen nach Eva
schließt er des Abends seine Lider.“

WIEDERKEHR

Keine Postkarte erreichte mich, machte nicht flop am späten Vormittag im Briefkasten. Stattdessen läutete das Telefon an einem Sonntagnachmittag. Nanu, ungewöhnliche Zeit für Anrufe, wenn überhaupt.

„Hier Adam, eine traurige Nachricht: Eva ist tot!"

Mit den letzten drei Worten erstarb die zunächst feste, dann von Schluchzern unterbrochene Stimme. Langsam, aber stetig sickerten diese Worte von meinem Gehör weiter in die Regionen des Verstehens und des Wahrnehmens. Ich hatte richtig gehört, mein Bruder weinte. So in der Art, wie ich es aus Kindertagen von ihm kannte. Ich verstand. Nur eines würde helfen: „Ich komme, wir reden. Wann sind wir ungestört? Denk daran, ich trage Maske und halte Abstand. Geht das? Gut, abgemacht."

Unser Gespräch hatte mich aufgewühlt. Mehr als ich erwartet hatte. Verwandtschaft, Familie und alles, was man so landläufig damit in Verbindung bringt, existierte bei uns seit jeher schlichtweg nicht, wurde auch nie vermisst. Im Gegenteil; froh, von verwandtschaftlichen Banden befreit zu sein, lebten wir ungestört jeder sein eigenes Leben.

Doch nun spürte ich den Verlust Evas für meinen Bruder. Er hatte seine auserwählte Lebenspartnerin unwiederbringlich verloren. Allein nun im Herbst seines Lebens, der Zeit der ursprünglich gedachten Erfüllung von Träumen und Sehnsüchten zu zweit. Das machte mich unendlich traurig für ihn.

Der Briefkastendeckel schepperte blechern. Eine Postkarte lag darin. Mit dem pastelligen Muster eines gleichförmigen Paradiesgartens. Reduziert, langweilig, Paradies eben. Spontan fielen mir zu den Farben Marshmallows ein. Weiße Speckmäuse, mintgrüne Schlangen und apricotfarbene Bären mit einem Ringleinpiercing im Bauch. Auf der Rückseite der Einöde Dankesworte von Adam für das ausgesucht weibliche Blumengebinde in zarten Farben und sommerlicher Varietät.

Bei der fernmündlichen Bestellung hatte mein Hinweis genügt: „Eine schöne Frau ist gestorben. Bitte, erweisen Sie ihr die Ehre Ihrer Kunst.“

Und Blumen Iwan lieferte zuverlässig.

Die überschaubare Trauergemeinde sah dem unprätentiösen Versenken der Urne in ein angestammtes Familiengrab zu. Insgeheim dachte ich dabei an den Einwurf der Paradies-Postkarte. Über den Särgen einst Verstorbener lag nun Evas Aschekapsel wie ein i-Pünktchen. Dieses kleine Metallbehältnis für einen ganzen Menschen samt Sarg erregte meine Gedankenwelt. Eine Erklärung dafür, dass mir schließlich davon träumte.

Eva kam geradewegs auf mich zu, ganz aufgeregt zog sie aus einer Plastiktüte ein paar grasgrüne ‚Highheels‘ hervor.

„Was sagst du dazu?“, wollte sie wissen.

Ich, völlig irritiert, weil ich sie nur in Ballerinas kannte: „Verrückt, sind die für dich?“

„Na klar, für wen denn sonst? Verrückter kann’s nicht werden. Schau, ich schlüpfe hinein und dann – meine Wiederkehr …“

Sie stand aufrecht in diesen Stöckelschuhen, groß gewachsen, extrem schmal und dünn mit langen dunklen Haaren – splitterfasernackt. Ungeniert, mit einer ihr ureigenen verführerischen Pose wandte sie sich zu einer fast leeren weißen Wand, ergriff den dort lehnenden Reisstrohbesen und begann sorgfältig, den Betonboden zu ihren Füßen zu kehren.

„Weißt du, alles muss man selber machen, sogar noch die eigene Asche mit all den losen Zähnen und spröden Knochenbröckchen zusammenfegen. Von wegen Paradies. Weit entfernt davon.“

Mit diesen Worten kehrte sie ihre weißlichen Überreste auf und füllte sie mit der bereitliegenden Schippe in eine leere Tomatensaftflasche.

Währenddessen sah sie mich durchdringend an und ich fragte mich beklommen: „Was befindet sich bloß in der Urne?“

31. FEBRUAR

Halbwach dämmert der alte Mann am Morgen vor sich hin.
Wartet auf das Klopfen seines Pflegers an der Tür. Mit ihm,
Floyd, wechselt er gerne ein paar Worte. Manchmal summen
sie sogar Melodien. Floyd gibt den Takt vor, er ist Musiker. Es
klopft, der alte Mann öffnet die Augen und krächzt „Herein",
der Schlüssel wird außen ins Schloss gesteckt, gedreht, die
Klinke heruntergedrückt und die Tür öffnet sich. Floyd steht
vor erleuchtetem Hintergrund im Rahmen. Ja, das ist sie, so
sieht meine Lichtgestalt aus, denkt der alte Mann. Seine Ge-
sichtszüge entspannen sich, die Lippen deuten ein Lächeln an.
Und Floyd beginnt, sich liebevoll um ihn zu kümmern. Täglich,
bis auf Sonntag, seinem freien Tag.

Schnipsel von Floyds verhängnisvoller Lebensgeschichte
kennt der alte Mann. Weiß um seine Ängste. Hört ihm geduldig
zu. In den knapp bemessenen Minuten des Kümmerns erleben
beide eine feine, sorglose Zugewandtheit.

Nach Floyds Abgang, dieser klaffenden Lücke, fühlt der alte Mann sich leer und alleingelassen in diesem schattenlosen
Raum. Ihm ist nach geschütztem Rückzug zumute, will unsichtbar sein, sich verkriechen. Das gelingt am besten in einer geheimen Unterwelt. Er kennt und schätzt diese seit geraumer
Zeit. Ein Zufluchtsort, erdwarm, archaisch, ohne Feindselig-
keiten. Einzigartig und streng geheim. Gestärkt wird er daraus
hervorgehen.

„Lesen stärkt die Seele", wusste schon Voltaire. Und der alte
Mann kann sein angelesenes Depot vermutlich nie verbrau-
chen. Im Gegenteil. Sein Blick zurück zeigt eigenartigerweise
ein Mehr an Umfang und Inhalt, als wollte häufiges Darauf-Zu-
rückgreifen das Reservoir nähren und stärken. Die Vergangenheit verschlägt es auf diese Weise immer wieder als freudig

begrüßter Eindringling in seine Gegenwart. Vollkommenes Behagen über diese Entdeckung ist das Resultat seiner Überlegungen.

Einmal, es ist schon lange her, wurde er nach Familie und Kindern gefragt. Tja, eine einfache oder, wie man es nimmt, eine schwierige Frage. Er überlegte eine Weile und antwortete: „Frauen sind es, die das neue Leben in sich tragen. Und sie sind es, die sich ihrer Hoheit sehr bewusst sind. Ein Mann dagegen fühlt sich in dieser Hinsicht als defizitäres Wesen. Er ist gezwungen, sich aufzublähen, um dem Manko Paroli zu bieten. Gebraucht wird er als potenzieller Samenspender. Bis die Jungen flügge sind, darf er den Ernährer geben. Danach kräht keine Henne mehr nach ihm. Sie gluckt beglückt mit Kindern und Kindeskindern.“

„Glauben Sie das wirklich?“, wurde er daraufhin gefragt.

„Sicher!“

Es gibt da eine nette, völlig harmlose Episode, zufällig gehört. Sie offenbart den Kern des Gesagten in einem Alltagsgespräch.

Der alte Mann räuspert sich mehrmals, macht die Kehle frei. Unverdaute Gefühlswallungen kriechen in ihm hoch. Sie schaffen sich ihren windungsreichen Weg und verursachen bei ihm so etwas wie emotionales Sodbrennen. Einer Kindergeschichte sind sie geschuldet. Ach was! Kindergeschichte! Oder doch? Bei der folgenden Schilderung liegen freudige Erwartung und Gefährliches so eng beisammen, dass es kaum einen Unterschied macht. Es handelt sich, genauer gesagt, um eine Erzählung darüber, wie ein Gefühl von an Macht grenzender Überlegenheit selbst bei einem Knirps entstehen und wachsen kann.

Der karge Lebensraum um den alten Mann giert süchtig nach dessen Anekdoten und Histörchen. Ebenso wie dieser möchte er sich mit Phantomen, Spirit, Wundern und Legenden füllen und sich an deren Wesen berauschen. Das Memoire eines speziellen Geistes ist hierfür perfekt geschaffen.

War da nicht eben von Phantomen die Rede? Von meist dämonischen Gestalten, die seine Fantasie aus den Zimmerecken lockt. Oje, der alte Mann rührt unabsichtlich an einer Begebenheit, die seit Langem in ihm schwelt und immer wieder versucht, aus ihm auszubrechen. Er wusste stets, diese zurückzuhalten, doch nun ist er einen Augenblick unaufmerksam gewesen und die Schleusen brechen auf und eine rasende Bestie stürmt auf ihn zu.

Um sich abzulenken, dem Grauen ein Stück weit zu entkommen, verlässt er das Bett, schlüpft in seine Pantoffeln und beginnt, die Hände auf dem Rücken zusammengehalten, im Zimmer auf- und abzugehen. Nur ein paar Schritte sind es von vorn nach hinten, mehr nicht. Doch die Bewegung der Füße setzt sich in seinem ganzen Körper fort. Sie führt zu anhaltendem Rhythmus, seine Gefühlswelt flackert auf und, wie erwartet, empfindet er sich gestärkt, bewirkt damit die Auflösung des Monsters hinter einer Nebelwand.

Die Beschleunigung seiner inneren Regungen fühlt sich für den alten Mann fast wie reisen an, bietet ihm eine sichere Zuflucht. Dankbar lässt er die Zeit zurücklaufen. Bilder von Sonne, Sand und Meer wagen sich zögerlich an die Oberfläche und versuchen, heile Ferienziele heraufzubeschwören. Relikte einer untergegangenen Welt sind sie geworden. Kraft seiner Imagination durchwandert der alte Mann absurd karge Betonlandschaften, farbfreundlich angemalt und arrangiert; künstliche

Inselwelten mit süßen Verführungen drängen sich ihm auf und erneut schleicht sich gegen Ende der Erlebnisse das Unheilvolle zwischen die Zeilen.

Ab diesem Zeitpunkt hilft nur noch ein reinigendes Gewitter.

Nach einem Unwetter mit Regen, Blitz und Donner fühlt sich die Luft seidig frisch und klar an, insbesondere besticht sie durch den typischen Duft dieses Naturereignisses. Nach Zwiesprache, veranlasst durch das Naturphänomen, hört sich der alte Mann mit Freuden den Titel einer wundersamen Wildflussgeschichte zitieren. Als eine kleine Zugabe seines Gedächtnisses wertet er diese Überraschung. Diese entführt ihn an die abwechslungsreichen Gestade alter und neuer Zeit, lädt die gewaltige Natur in sein Denken und Fühlen ein. Der alte Mann fühlt sich beschenkt.

Sein reichhaltiges Potpourri bietet keine Lücke für Gefühle des Alleinseins. Denn eine Unzahl von Figuren aus Gelesenem bevölkert seine innere Landschaft und macht sich mit immer wieder aufflammender Energie daran, ihn vor Rätsel zu stellen, ihn zu erheitern oder Sehnsüchte nach vergangenen Streichen zu wecken.

Z. ist zum Beispiel so ein Charakter. Oft drängt sie mit ihrer vorlauten Art den alten Mann zu einem Wiedersehen. Und er? Er gibt gerne nach, genießt es, sich von ihren *Strawanzereien* einlullen zu lassen und einen Hauch von Schokolade auf seiner entwöhnten Zunge zu spüren.

Weniger den Geschmack des Schokoladenhauchs als vielmehr den Genuss von Buchstaben, Worten, Sätzen und ganzen Erzählungen schätzt der alte Mann besonders. Mit anderen Worten: Er liebt es, Selbstgespräche zu führen. Eine Eigenart des Alters? Vielleicht. Sei es, um sich bestimmte Dinge aus der

Vergangenheit näherzubringen, Dialoge mit einem fantasierten Gegenüber zu bestreiten, ein Echo aus dem früheren Zwiespalt zu induzieren, oder einfach nur, um interessante Textpassagen zu zitieren. Ein sinnliches Vergnügen aus seinem erinnerten Repertoire bereitet ihm ein Naturausschnitt, inspiriert von Rimbauds *Farbe der Vokale*. Darin steht U für Grün. Mit Wonne turnt die Zunge des alten Mannes um das Wort mit U, entlässt den Hauch des U durch die zur Rundung gespitzten Lippen in die Stille. Und er hört sich gerne dabei zu. Korrigiert sich zuweilen, liebt es, seine markante Stimme präzise zu entlassen und den Raum mit seinen Lauten zu füllen. Das bedeutet für ihn Glück. Leben in einer ästhetischen Form gemäß seiner Möglichkeiten.

Der alte Mann, einst eine respektierte Persönlichkeit, betrachtet seine Lage nicht als misslich. Ganz im Gegenteil. Sein Mangel an Einfluss beschert ihm die Freiheit und den Reichtum, ganz bei sich zu sein. Noch ist er nicht bereit zu gehen. Will sein Archiv weiter durchforsten, solange es sich öffnet. Selbst dann, wenn sich eine für ihn eher unerfreuliche Episode in den Vordergrund drängelt. Sie führt ihm eine Situation vor Augen, die auch ihn selbst betreffen könnte, vorausgesetzt, er hätte Familie. Der alte Mann will diese Vorstellung nicht weiterspinnen und wechselt mit einem abwehrenden Achselzucken von seiner Betroffenheit zum herumgeisternden Vorkommnis mit dem verstorbenen Schriftsteller. Überrascht stellt er gegen Schluss fest, dass der Text ironischer wirkt, als er ihn bisher memoriert hatte.

Wie dem auch sei, ein eindrucksvolles Erlebnis von Z. ist ihm schon lieber. Z., na klar, der alte Mann schmunzelt in sich hinein, die kleine Zauberin, sie kann ihn bestimmt aufs Neue verblüffen. Und sie tut es, zuverlässig.

Der alte Mann verspürt Erleichterung, fühlt sich im Einklang mit sich und erklärt sich bereit für Feinstoffliches, ja, für Übersinnliches. Ein Theatertraum ist es, der zu seiner sich überlagernden Wirklichkeit gerät. Er lässt den beleuchteten Auftritt sich szenisch entfalten, verfolgt als gebannter Zuschauer das minimalistische Spiel. Das gefällt ihm und er staunt zufrieden vor sich hin.

Des alten Mannes Weg ist vorgezeichnet. Er weiß, er wird keine Spuren mehr hinterlassen, lebt zu schwach, ist zu sehr in die Jahre gekommen. Desto lieber treibt er sein Spiel von seinem Asyl aus weiter über Länder und Meere hinweg zu fernen Kontinenten. Sein klares Tun steht in völligem Widerspruch zu seinem erklärten Lieblingstitel **Game Over**, Delir und Halluzinationen am Rande von Leben und Tod verpackt mit irren Filmszenen von David Lynch bis Sergio Leone.

Das ist seine jetzige Welt.

„die Tür öffnet sich. Floyd steht vor erleuchtetem
Hintergrund im Rahmen. Ja, das ist er, meine Lichtgestalt, denkt der alte Mann."

GLOSEN

Floyd tritt gestärkt, geradezu beschwingt, aus dem südlichen Seiteneingang des Münsters hinaus auf den Marktplatz. Sein Denken spürt nochmals den erfüllenden Orgelklängen der letzten zwei Stunden nach, die er in den weiten Raum des Kirchenschiffs entlassen hatte. Seine Leidenschaft für Musik lebt er an Sonntagvormittagen aus mit dem Spiel der Königin der Instrumente zur Messe und anschließender dehnbarer Übungsstunde. Jeder Orgelsonntag feiert ein Fest für Floyd. Seit Langem schon gelingt ihm, dem Einundvierzigjährigen, mit diesem soliden Arrangement die Rückkehr zu seinem eigentlichen, seinem Floyd-Selbst. Der andere Teil gilt dem Dienen und Verdienen als Altenpfleger während der Woche.

Vor etlichen Jahren noch war sein Lebensstil ein völlig anderer gewesen: Ein erfolgreicher Musiker war er. Ausschließlich Musiker. Coverte mit Vorliebe Led Zeppelin; darin zeigte sich seine hingebungsvolle Leidenschaft für deren Rock- und Lyrikstil.

Doch das wilde und ausschweifende Leben dieser Jahre forderte seinen Tribut. Floyd, von eher asthenischer Konstitution, war den Belastungen langer Nächte mit einem Minimum an Schlaf sowie dem rastlosen Unterwegssein nicht länger gewachsen. Rauchen, Alkohol und Drogen taten ihr Übriges, ließen ihn wie einen bleiernen Ballon abstürzen. Sein Körper begehrte gegen ihn auf, rebellierte ununterbrochen. Floyd kapitulierte und schlug tapfer seinen neuen Weg ein.

Seit ein paar Tagen ist Floyd höllisch verliebt. Er geht nicht wie sonst, er wippt, tänzelt, steppt rhythmisch wie ein Traumtänzer. Sieht die graue Welt und seine Zukunft durch eine rosarote Brille. Floyd ist glücklich!

Eine Gruppe von Menschen nähert sich ihm auf dem weiten, fast leeren Platz, nimmt deutlich Kurs auf ihn. Im letzten Moment vor dem Zusammenprall blickt Floyd, in selige Gedanken versunken, auf und ist plötzlich wie versteinert: Er sieht sich seinem Jugendfeind, Rocco, dem Nachbarjungen von einst, seinem Vater und einer unbekannten Frau gegenüber. Zweifel steigen in ihm auf. Ist das sein Vater? Das kann nicht sein! Er ist schon lange tot.

Eine Sturmflut längst begrabener Erinnerung brandet in ihm hoch. Erinnerungen an einen prügelnden Vater, an Rocco, der wie auf Kommando beim ersten Schlag durchs Oberlicht der Wohnung im Souterrain gaffte, als hätte er nur auf das Schauspiel gewartet. Der Vater, angefeuert durch das hechelnde Gesicht am Fenster schlug dann umso wollüstiger zu. „Schwache Schwuchtel, krampfiger Kretin, zu nichts zu gebrauchen – dich mach ich fertig! Warte nur!" Das waren die harmloseren Schimpfkanonaden gegen seinen Sohn.

Und Floyd? Konnte sich gegen den starken Vater nicht wehren, rollte sich zusammen, kroch in sich selbst hinein und wusste weder ein noch aus. Leckte seine Wunden und hörte ganz leise Musik, das half. Musik war es unter anderem, die den Vater zum ‚Schlagzeuger' werden ließ.

Das abgrundig Böse der Vergangenheit ist jedoch noch lange nicht tot. Gleich einem glosenden Vulkan gibt es keine Ruhe, kehrt zurück in diesen drei Gestalten. Eruptiert.

Floyds Zeitordnung, ausgerichtet auf die Zukunft, wird mit einem Mal zunichtegemacht. Orientierungslos wankt und taumelt er. Der tote Vater schlägt zu, Rocco gafft, hechelt, feuert den Schläger an. Nur die Frau in ihrem goldenen Glitzerkleidchen streckt die nach oben geöffnete Hand nach Floyd aus, als wollte sie etwas fordern – nicht etwa trösten.

Und Floyd bricht nieder, rollt sich zusammen, bekommt seine Entsetzensschreie nicht mit, lauscht vielmehr in sich hinein, vernimmt Fetzen seiner gespielten Bach-Fuge, die sphärischen Klänge seines Seelenstücks, *Stairway to Heaven*, adaptiert von ihm selbst für die Königin. Hört und sucht verzweifelt nach den Pedalen, Registern und Manualen des erhabenen Instruments. Spürt nichts unter seinen tastenden Händen als das goldene Glitzerkleid der Lady, die nichts gibt. Zu glatt. Gleitet daran ab, findet keinen Halt. Stürzt endlos von der am flüsternden Wind lehnenden Himmelsleiter – ins Nichts.

Floyd empfindet keine Schmerzen. Seine junge Liebe verglüht im blendenden Licht der Zukunft.

Die Gegenwart hält ihn nicht mehr – wendet sich von ihm ab.

Die Zeit ist aus den Fugen.

„Das gelingt am besten in einer geheimen Unterwelt. Er kennt und schätzt diese seit geraumer Zeit.
Ein Zufluchtsort, erdwarm, archaisch, ohne Feind-
seligkeiten. Einzigartig und streng geheim.“

Weiche Winde schmeicheln meiner Haut und wehen durch mein Gedankenlaub.

Leichtfüßig angetrieben flaniere ich durch beschattete Gassen und verstreutes Grün, ziehe die würzigen Düfte von Holunder und die honigsüßen der Robinien ein, freue mich unsäglich über die feine Eleganz der Lindenblüten. Das traumhafte Aromabouquet des Junis umschmeichelt mich mit all seinen Verführungskünsten.

Flott wellen die verzweigten Wasser des Lechs durch die Altstadt. Betüpfelt durch Blütenblättchen und Sonnenspiegel zaubern sie lebendige Lichtpunkte in dunkle Winkel und stacheln meine Sehbegierde an. Die Lechgewässer tragen ihren typischen Geruch von Weiden, Pappeln, Erlen und Lehm in die Stadt – es ist das Odeur der Wildnis.

Hier, in der Gegend um das Rote Tor, einer ehemaligen Bastion zur Befestigung wie auch Verteidigung, vermischen sich städtisches Flair, üppige Natur, sichtbare Vergangenheit und kulturelle Gegenwart zu einem delikaten Amalgam – oben.

Ich mag und schätze die Aufgeräumtheit unserer städtischen Parknatur; träume trotzdem pausenlos von einer abenteuerlichen Wildnis. Ein andauernder Widerstreit meiner Gefühle und Wünsche. Auf dem steilen Wallkranz heftig prustend angekommen, verharre ich zunächst, lasse meinen Blick durch die lichthohen Baumkronen ins Blau schweifen; prüfe alsdann meinen Standpunkt, scharre trotzig mit meinem linken Fuß in einem Fleckchen Parkrasen als wollte ich sagen: „Geh weg!"

Wie auf ein Klopfzeichen öffnet sich der grüne Teppich in Lukengröße und eine stark behaarte Hand winkt mich hinab. Ist das der Ruf der Wildnis? Ich habe keine Angst, ganz im Gegenteil. Neugierig folge ich einem schwachen Lichtschein, bewege mich auf roh gehauenen Stufen hinab und immer weiter hinein und weiter hinunter in diese unbekannte Unterwelt. Was wird mich hier erwarten? Unten?

Dumpf und still ist es hier, erdwarm. Die Luft riecht modrig, ist feucht. Schweiß benetzt mir Stirn und Rückgrat. Vorsichtig tappe ich vorwärts, vermute mich ungefähr in der Mitte der Aufschüttung, des Walles. Plötzlich öffnet sich der enge Gang zu einem weitrunden Raum. Erstaunt sehe ich um mich. Leicht erhellt durch eine Unzahl von Leuchtkäfern erblicke ich Baumwurzeln aller Art, jeglicher Couleur, in groß und klein, dick und dünn, allesamt in sich verflochten. Der Beschreibung wäre kein Ende. Wie Tünche überzieht stellenweise ein weißliches Gespinst die feinsten Würzelchen. Ein Myzel von unglaublichen Ausmaßen ist es. Mit seinem imposanten Geflecht bildet das Wurzelwerk ein Gerüst für Wände und Decke; eine in sich verschlungene Kuppel, die den kolossalen Wall mit seinen mächtigen alten Bäumen über sich trägt. Ein architektonisches Kunstwerk der Natur.

Fasziniert, ja geradezu andächtig betrachte ich einzelne Elemente dieser natürlichen Architektur und entdecke das verknäuelte Wurzellabyrinth als eine Heimstatt von vielfältigen höher entwickelten Lebewesen. Insbesondere Amphibien sind es, die sich zu meinen Füßen ins Blickfeld drängen und mich in der überwiegenden Dunkelheit mit ihren großen, tiefen Augen mustern. Ich überlasse mich diesem Rückzugsort lichtscheuer Arten. Sie zeigen keine Furcht, im Gegenteil. Neugierig kriechen, hüpfen und schlängeln sie auf mich zu. Eine dunkelglänzende Masse von Unkenleibern, Kröten, Fröschen, Molchen, Salamandern sowie auch einem ihrer Fressfeinde, der Ringelnatter. Ein unglaublich bewegtes Panoptikum breitet sich vor mir aus. Es ist die Wildnis, die ich mir immer parallel zu unserer Wohnzimmernatur in der Stadt gewünscht habe. Ein Wunder vollzieht sich vor meinen Augen im Inneren des Walles, der letzten Bastion. Die Kreaturen machen vor mir keinen Halt, entziehen sich weder direktem Anblicken noch leichten Berührungen, schlüpfen geschmeidig an mir vorbei in weitere Tiefen, fordern mich geradezu auf, mich einzugliedern, mitzuströmen. Eins mit diesen Kreaturen lasse ich mich treiben. Immer weiter und enger werdend führt der Pfad in ausgetretenen Serpentinen nach unten. Vorbei an Myriaden schmatzender Mikroorganismen und mit Netzen verhangenen Höhlen. Ich wage mir nicht vorzustellen, was sich darin verbirgt. Die dunkelglänzende, lautlose Masse um mich her hat ihr Ziel noch nicht erreicht, ich schwimme mit ihr.

Alles, was sich gerade vor meinen Augen und all meinen Sinnen abspielt, ist keine Illusion. Es ist die Wirklichkeit mitten in der Stadt. Meine Seh-, Riech- und Hörbegierde sagt mir: Du bist am richtigen Ort. Am Ort deiner Wünsche. Die Wildnis ist hier, genau in unserer Mitte, sie verläuft von oben nach unten. Wie viel davon ertrage ich? Ich weiß es nicht, muss es ausloten.

Der erdige Duft dumpfer Art weicht nun klareren Nuancen. Ich schnuppere aufgeregt. Wasser liegt in der Luft. Die wandernde Meute vor mir wird schneller, aufgeregter, scheint den Ort ihrer Begierde bald zu erreichen. Plötzlich umschlingen elastische Fangarme mit Saugnäpfen meine Beine. Ich schreie auf und versuche, mich zu befreien. Doch der anhängliche Sumpfkrake stolzer Größe mit seinen drei Herzen und tiefgründigen Augen umklammert mich und gibt mich nicht frei. Mit berückenden Farbveränderungen seines Äußeren versucht er, mich zu bezirzen, vielleicht auch zu fesseln, was ihm mit seinen Fangarmen nicht so ganz gelingen mag. Vor ihm muss ich mich nicht fürchten. Er ist ein faszinierendes Wundertier.

Das Ziel der Wanderung liegt vor uns. Ein Tümpel ist es. Verkrautet, doch glucksend durch Fließwasser belebt. Eingeengt und behindert durch acht Fangarme, bewege ich mich ungelenk auf das Gewässer zu. Und tatsächlich, es ist wohl auch das Ziel meines Anhängers. Flugs löst er sich von meinen Gliedern und walkt elastisch in sein Reich. Mit Verve wirft sich auch die Masse der Amphibien hinein in die brodelnde Ursuppe. Sie suchen und paaren sich. Bereit auch, dafür zu sterben. Anfang und Ende der Individuen.

Ein zarter Lichteinfall, verquickt mit dem Geräusch eines fließenden Baches, lenkt mich in seine Richtung. Augenblicke später zwänge ich mich durch einen schmalen Durchlass und stehe verblüfft mit zusammengekniffenen Augen vor einem der Lechkanäle. Zweifellos, es ist der Äußere Stadtgraben. Die Sonne wirft flirrende Blätterschatten in die Strömung. Jenseits des flott dahinfließenden Gewässers flanieren Menschen auf Spazierwegen entlang des Grabens, unterhalten sich murmelnd, und Kinder, laut kreischend, werfen sich auf dem gepflegten Parkrasen Bälle zu. Hunde jagen hinterher, bereit zum Apport oder auch nicht. Oberhalb des Abhanges tost der innerstädtische Verkehr.

Beim Blick zurück über meine Schulter suche ich vergeblich nach der Öffnung aus der Unterwelt. Keine Spur mehr von ihr. Kein Zurück. Beglückt zu wissen, dass beides, in diesem Falle übereinander und untereinander, existiert, betrete ich über eine elegant geschwungene Brücke aus den Fünfzigerjahren die Grünfläche des Rote-Tor-Wall-Grabens und blicke um mich. Meine Heimat. Alles da! Gepflegte Wohnzimmernatur oben mit geheimnisvoller Wildnis tief unten.

„‚Glauben Sie das wirklich?‘, wurde er daraufhin gefragt.

‚Sicher!‘

Es gibt da eine nette, völlig harmlose Episode, zufällig gehört. Sie offenbart den Kern des Gesagten in einem Alltagsgespräch.“

Das Telefon läutet.

„Ja, bitte?"

„Aah, Christina, wie schön, dass du daran denkst. Ja, vielen Dank, freut mich sehr. Nein, keine Feier. Du weißt ja, feiern ist nicht so mein Ding. Aber erzähl doch von euch, ist ja schon ein Jahr her, dass wir telefoniert haben."

„Ja, mhh. Interessant. Das gibt's ja nicht! Unglaublich. Aha. Hochzeit! Und alles in Venedig? Sagenhaft. So ein Glück."

Die Stimme der stolzen Mutter von vier erwachsenen Kindern quakt ununterbrochen aus dem Hörer, weiß offenbar immer wieder von neuen Heldentaten ihres Nachwuchses zu berichten, breitet deren Leben detailreich in schillernden Facetten aus.

„Aha, jetzt weiß ich eine ganze Menge von dir und über euch. Doch von einem hast du gar nichts erzählt, nicht einmal erwähnt hast du ihn."

„Aha! Ich weiß, du meinst den Hund!"

Ach, der Hund? Ich weiß gar nicht, dass die einen Hund haben. Sollte ich das wissen?

„Nein – ich meine deinen Mann." (Ich sagte ‚deinen Mann', denn sein Name fiel mir in dem Moment nicht ein.)

Aus dem Hörer tönt es: „Ach soooo, du meinst den Tommi. Ja, dem geht's gut. – Aber verrat mich bitte nicht bei ihm!"

„Nein, natürlich nicht. Kannst dich auf mich verlassen. Also nochmals vielen Dank für deine guten Wünsche und grüß mir den Tommi."

„Ach was! Kindergeschichte! Oder doch? Eher eine Schilderung darüber, wie ein Gefühl von Überlegenheit grenzend an Macht selbst bei einem Knirps entstehen und wachsen kann.“

GNADENLOS

Frieder, Reini und Gitte trafen während dieses Sommers Ende der Fünfzigerjahre zufällig mehrmals aufeinander. Irgendwie fanden sie, mangels weiterer Gleichaltriger, einen Draht zueinander, waren neugierig und es gefiel den dreien, sich aneinander zu messen, ein wenig die Muskeln spielen zu lassen und sich auszureizen. Obwohl oder gerade weil sie noch Kinder waren.

Frieder vierjährig, Reini und Gitte so um die fünf, Gitte eher sechs, aber halt ein Mädchen.

Reini lebte während der Ferienzeit bei seiner Großmutter in der Nachbarschaft. Gitte kam zuweilen bei den Großeltern in der hiesigen Kolonie auf einen Sprung vorbei. Zu dieser kleinen Sozialsiedlung einer Chemischen Fabrik gehörte neben einer Reihe von Kleingartenparzellen ein Spielplatz am hinteren Ende des Geländes unterhalb eines steil abfallenden Bahndammes.

Frieder, einziger Kindbewohner der Siedlung, war der gewitzte Herrscher über das Gelände, insbesondere den Spielplatz, er kannte alle Schlupfwinkel, nichts blieb ihm fremd. In der Kolonie war er der letztgeborene und dagebliebene Junge bei den Großeltern. So manches ging ihm deshalb durch.

Gelegentliche Besucher wie Reini und Gitte möbelten, zusammen mit Frieder, die ruhige Kleinsiedlung für kurze Zeit auf. Das Wenigste davon bekamen die Bewohner mit, die Ereignisse verlagerten sich zum Ende des Geländes – zum Spielplatz.

Ein Spielplatz, wie man ihn heute als solchen gar nicht als attraktiv empfinden möchte. Die Geräte hochinteressant, reizvoll und gefährlich. Vor allem weil wir heute wissen, was Kinder daran so faszinieren kann und sie damit anstellen.

Um es kurz zu machen: Drei Klassiker standen den Kindern zur Verfügung, eine hohe Schaukel, eine Wippe sowie ein Schupfkarussell. Schaukel und Wippe sind klar. Ein Schupfkarussell gibt es heute wahrscheinlich nicht mehr. Man stelle es sich so vor: Einer senkrechten Drehachse entwächst in einer Höhe von etwa siebzig bis achtzig Zentimetern ein vierarmiges Drehkreuz im Durchmesser von etwa drei Metern. An den jeweiligen Enden der Arme ist einer, manchmal auch zwei Kindersitzplätze mit Reling und Sicherungskette angebracht. Um das Karussell in Bewegung zu setzen, muss ein Erwachsener oder ein starkes Kind von außen die Flügel ‚anschupfen‘. So kommen die Kleinen in Fahrt, der Fahrtwind pustet ihnen die Haare aus dem Gesicht und ein Gefühl von grenzenloser Freiheit stellt sich mit anhaltender Dauer ein. Laute Juchzer vor Freude begleiteten die Drehungen. Ein einfaches, aber stets lustbetontes Spiel bei moderater Geschwindigkeit und Dauer. Kinder aller Altersklassen liebten dieses Gerät.

Vor allem Frieder, der Jüngste. In all den Stunden des Alleinseins hatte er für sich sämtliche Spielarten im Umgang mit dieser tollen Erfindung erprobt. Nun wollte er seine Freunde daran teilhaben lassen und sein Können vorführen. Darauf war er stolz.

Zusammen marschierten die drei auf den mit Schlacke bestreuten Wegen durch die Gartenanlage, begleitet von einem endlos scheinenden Güterzug oben auf dem Bahndamm. Ein sonniger Spätsommervormittag war es mit viel Bienengesumm um bunte Dahlienblüten, Astern und Zinnien. Die schwarze Ofenschlacke aus dem Kesselhaus gab als Wegbelag die gespeicherte Sonnenwärme bereitwillig wieder ab. In ihrem Aufwind gaukelten Pfauenaugen und Zitronenfalter vor den Kindern her. Eine genussvolle trockene Temperatur für nackte Kinderfüße in Kneippsandalen.

Der Spielplatz lag, bedingt durch hohes Gebüsch und Bäume auf dem Nachbargrundstück, noch im Schatten; das Gras war nass, von Tau bedeckt. Frieder schwang sich, trotz seiner geringen Körpergröße, hurtig und geübt auf die Schaukel. Reini und Gitte übernahmen wortlos die Wippe.

Sie wippten und schaukelten eine Weile mit etwas Geplänkel. So in der Art: „Hey, Kleiner, mehr Schwung gefällig? Ein Kartoffelsack wie du kann doch leicht den Anschlag schaffen – oder? Komm, du lahme Ente, wir schieben dich an.“

Frieder ließ die Stichelein scheinbar an sich abprallen. Denn er wusste, in den Augen seiner Freunde war er ein echt starker Kleiner. Allmählich kletterte die Sonne hoch über den Bewuchs und zog den Schatten, der über dem Spielplatze lag, zur Seite. Helligkeit und Wärme fluteten die Anlage und ließen die Kinder ihr bisheriges Hin und Her, das Auf und Ab abbrechen. Das Karussell lockte, mit ihm Frieder und dessen Angebot, die Freunde ‚anzuschupfen‘. Sie ließen sich das nicht zweimal sagen, denn es war nie einfach, einen ‚Anschupfer‘ zu finden. Alle wollten sich immer nur drehen lassen. Flugs wechselten sie die Plätze, denn Frieder könnte es sich anders überlegen.

Reini und Gitte saßen auf einer Achse des Drehkreuzes und konnten sich, wenn sie die Gesichter einander zuwandten, mit Worten oder Grimassen verständigen, wie auch immer. Der Kleine stand außen, nahm die Reling eines leeren Kindersitzes in seine Linke und schupfte nach rechts an. Hui, das Drehkreuz bewegte sich leicht, die Kugellager funktionierten tadellos. Reini und Gitte juchzten vor Freude auf und schenkten Frieder einen dankbaren Blick.

Dann, mit ein paar schnellen Schritten seiner kurzen Beine, fegte Frieder in die Mitte zur Drehachse. Er bewegte sich nun im Zentrum des Geschehens. Mit Kräften, die man diesem Kerlchen nicht zugetraut hätte, legte er sich ins Zeug. Schob durch die Kraft seiner Schultern, Oberarme und Beine das Karussell an seinem Drehpunkt in der Mitte, dort, wo es am schwersten zu bewegen war, zu Höchstleistungen an. Die Flügel nahmen unversehens Geschwindigkeit auf, gewaltige Fliehkräfte entwickelten sich außen an den Sitzen, ließen die frohlockenden Münder sich zu einem wortlosen Schrei formen und die Kindergesichter schreckensstarr werden.

Frieder ackerte an der Drehachse wie ein Ochse. Der Geschmack von Stärke und Macht über andere ließ ihn nicht zur Besinnung kommen. Ja, er konnte es, ein Kleiner wie er gegen zwei Ältere. Nur zwei kleine Gestalten, eingequetscht in den Kindersitzen links und rechts von sich, nahm er aus den Augenwinkeln wahr. Sah nicht ihre bleichen Gesichter, die nun angstgeweiteten Augen und die geöffneten Münder, aus denen sich ihr Frühstück auf dem grünen Gras verteilte.

Eine echt rasante Fahrt schenkte er ihnen durch seine Kraft. Siegerfreude stieg in ihm auf. Beim Blick auf seine Freunde gefielen ihm Gittes wehende Zöpfe und Reinis aufgestellter Haarschopf durch den Fahrtwind. Doch die kleinen Gesichter, in denen er Bestätigung suchte, schauten nicht mehr zu ihm hin – sie hatten aufgegeben, sich reglos auf die Brust der eingeknickten Körper gesenkt. Erst jetzt bemerkte Frieder, dass sich etwas verändert hatte – etwas ganz und gar nicht mehr stimmte.

Hoch oben auf dem Bahndamm preschte, zur üblichen Zeit, der Eilzug auf seinem Weg in die Großstadt vorbei.

„Der karge Lebensraum um den alten Mann giert süchtig nach dessen Anekdoten und Histörchen. Ebenso wie dieser möchte er sich mit Phantomen, Spirit und Wundern füllen und sich an deren Wesen berauschen. Das Memoire eines speziellen Geistes ist hierfür perfekt geschaffen."

Endlich öffnet sich ein schmaler Spalt in meinem Schließ-
mechanismus. Nicht nur für kurze Zeit, während der ich
begehrt, freudig begrüßt und überwacht werde, nein, er-
staunlicherweise bleibt er bestehen, wenn auch nur in ge-
ringem Maße. Für mich und meinen Drang, mich zu befreien, mich zu verflüchtigen, die wahrscheinlich einmalige
Gelegenheit, meine Umgebung umgehend zu inspizieren
und weitere Möglichkeiten auszuloten.

Was ich allerdings entdecke, dämpft meine Hoffnung
auf ein etwas mehr an Leben, enttäuscht mich maßlos.
Zunächst reizlose, dumpfe Luft. Um mich herum kaltes
Glas von unterschiedlichster Form, Farbe und Ausführung.
Und darum herum wiederum nur Glas. Vom ursprünglich dunklen Gefängnis in ein weiteres, dafür helles, groß-
räumiges, aalglatt gläsernes, gänzlich ohne Charme.

Geprägt bin ich durch meine nördliche Herkunft nach
alter Tradition von Holz. Von fein geschliffenem, duften-
dem Holz. Meine ganze Kindheit, Jugend sowie die lange
Zeit meiner Reife verbrachte ich in Gesellschaft von Holz.
Holz, betörend durch Rückstände einer Ersteinlagerung
mit vanilligen Aromen ein- und ausatmend, vermischt mit
jenen typischen, welche alte Eichen als Zeichen ihres Zenits
ätherisch aushauchen; eine feinherb tanninige Mischung ist
dafür charakteristisch. Kenner wissen, was ich damit meine.

Versetze ich mich zurück in die lange Zeit meines
Werdens, umweht meine Gedanken der salzige Wind des

Meeres, wie er rauchige Schwaden von Torffeuern aus geduckten Kaminen zerstiebt und zwischen grünhügeligen Inseln der inneren Hebriden und einem tiefgefurchten Festland hindurchbraust. Rau und gleichzeitig seidig gibt sich die Luft, angefüllt mit winzigen Regentröpfchen, einem satten Dunst, der sich großzügig über hungrige Hochmoore legt und diese beständig nährt. Was sie wiederum freigeben, hat sich bis dahin verwandelt in weichstes, gefiltertes Wasser, in einen unnachahmlichen Lebensborn, den überwiegenden Teil meines Seins.

Geschwätzig bin ich mit den Jahren geworden, nicht nur älter. Ausgestattet mit einer gewissen Behäbigkeit, schalkhaftem Esprit sowie einer überraschend feurigen Dynamik beim Abgang, was dazu führt, mich selbst ein wenig hervorzutun. Wenn ich Ihr Interesse richtig deute, sind Sie begierig, mehr über mich zu wissen.

Für meine Eitelkeit habe ich allen Grund, stamme ich doch fürwahr aus bestem Hause. Alter Inseladel eben. Ein Hauch von Gerstenmalz, Heu, Seegras, rauchigem Torf sowie das Salz der ewig tosenden See umwölkt mich und die Meinigen, schreibt sich ein in unseren extravaganten Geschmack und festigt somit unsere Stellung sowie Wertschätzung bei Liebhabern in aller Welt. Wie das allgegenwärtige Blöken der Schafe, die verwehende Stimme einer Bagpipe und der in verhaltenen Farben gewebte Tartan der Einheimischen gehören wir zu den sattsam bekannten Klischees unseres sagenumwobenen Landes. Ohne unsereins wäre das stolze Land der Tapferen im weltweiten Ansehen ein bloßes Anhängsel der Krone – wie etwa Wales. Undenkbar!

Holz an Holz, schwarz beringt. Jahrelang. Manchmal jahrzehntelang. Ich war dabei, mittenmang, genoss das Tête-à-tête mit speziellen Jahrgängen und großen Namen. In den Scheunen und Stadeln wurde es eng. Ein verführerischer Hauch lag und liegt in der Luft. Angels' share!

„Sag mal, was ist denn bloß los in unserer Stadt? Ich kehre zurück mit leeren Händen! Schon wieder hat ein langjähriges Geschäft geschlossen, ist einfach weg vom Fenster! Stattdessen Krimskrams, den kein Mensch braucht."

„Ja, wie? Den Laden gibt's nicht mehr? Gibt's ja gar nicht!"

„Doch, wenn ich es dir sage. Unser Paketpostmann, der Alois, er fuhr zufällig vorbei, hat's bestätigt, weg seit ein paar Wochen, einfach weg!"

„Ja dann, wenn das so ist. Jammerschade! Unsere netten Wallfahrten dorthin, die Expertengespräche mit Martin und Co., die Probierschlückchen … Unsere fette Beute, die wir anschließend stolzgeschwellt nach Hause schleppten. Und damit soll nun Schluss sein?"

„Ja, so ist es – leider. Die letzte Flasche in der Glasvitrine, du weißt schon, dein salziger Literliebling von Islay, bei ihr schloss der Stöpsel nicht mehr richtig. Der Rest der Flasche hat sich in der Vitrine als Angels' share verbreitet. Roch ziemlich betörend."

„Das erinnert mich an den alten Holzstadel am Spey. Du weißt bestimmt noch, wie wir verzaubert darin standen, eingerahmt von einer Unzahl an Casks, nebeneinander, übereinander, angeregt von zarten Düften, umfangen vom Dämmer der untergehenden Sonne mit tanzenden Stäubchen auf den Lichtstrahlen durch die Hintertür, und wie uns der nette Herr die Geschichte von den süffelnden Engeln erzählte. Angels' dust und angels' share …"

„Wie könnte ich ihn jemals vergessen, jenen magischen Moment, dessen Spirit sich mit jedem Schluck wieder in Erinnerung bringt."

„Und nun, wie steht's? Wie kommen wir jetzt an unser feines Stöffchen?"

„Na ja, ereignislos halt, wie mittlerweile bei so Vielem. Mit einem Klick im Internet."

„Oje, der alte Mann rührt unabsichtlich an einer
Begebenheit, die seit Langem in ihm schwelt und
immer wieder versucht, aus ihm auszubrechen.
Er wusste stets, diese zurückzuhalten, seit F. sie
ihm zum Lesen gegeben hatte, doch nun ist er
einen Augenblick unaufmerksam gewesen, die
Schleusen brechen auf und eine sagenhafte
Bestie stürmt auf ihn zu."

GESCHEHNISSE

„Hilfe!"

Ich zerfalle, werde abstrakt. Mein Selbst löst sich auf. Nichts geht mehr. Ich muss mich retten, aus dem Sumpf ziehen. Meine Reserven schwinden zusehends, Einfälle und Ideen wollen sich nicht mehr einstellen oder, wenn doch, verflüchtigen sich im Nu. Der Fluss erstarrt. Ich bin verstummt. Empfinde mich als unleidlich, fahrig und bringe nichts mehr Nützliches zustande. Zweifle an meinem Ich.

Kurz: „Ich gehe vor die Hunde." Sage diesen Satz laut vor mich hin, als sollte das Gehörte mich überzeugen, Konsequenzen daraus abzuleiten. Mir bleibt nur noch übrig, mich von ständigen Zwängen, Lasten und gewissen Menschen zu befreien. Allein schon der Gedanke verschafft mir Linderung. Abstand zu meinem Alltag sowie ein Aufenthalt in ursprünglicher Natur mit kreatürlicher Ordnung würden mich alsbald wieder ins Lot bringen. Dessen bin ich mir sicher.

Tückische Nebelschwaden verschleiern das Moor, wabern über ausgedehnt suppende Soden, verhüllen schmatzende Wasserlöcher und lauernde Schlammrinnen mit harmloser Pflanzencamouflage. Im Dartmoor, dieser archaischen Landschaft, angekommen, erkunde ich das Ziel meiner Hoffnung und zu erwartenden Genesung. Eine einsame, mystische Weite mit kulturellen Relikten aus ganz frühen Zeiten tut sich vor mir auf. Mal flach, gestuft, mal wellig, mit all den Zutaten, die man von einem legendenumwobenen Pfuhl erwarten kann. Verwilderte Hunde, verwegene Menschen und deren Opfer spielen darin seit jeher eine tragende Rolle und leben in den Schauergeschichten der Alten weiter. Sir Arthur Conan Doyles bekannter Roman *Der Hund der Baskervilles* lehnt sich diesen Ursprüngen des Dartmoors in gewohnt spannender Manier an. Die spukenden Chimären sind lebhaft mit diesem besonderen Landstrich verbunden, kaum davon wegzudenken.

Wirklichkeitsnäher und daher gefährlicher als diese sagenumwobenen Unwesen sind vermutlich die scheinbar trittsicheren Inseln auf schwimmendem Untergrund. Verbrämt mit üppiger Vegetation täuschen sie festen Boden unter den Füßen vor. Doch einmal danebengetreten, bedeuten sie den sicheren Tod durch das Hineingesogenwerden in die morastige Unterwelt. Sich selbst aus dem Sumpf zu befreien, ist schier unmöglich. Festen Grund versprechen allein hügelartige Erhebungen mit einer grauen Krone aus Granit oder Freiflächen mit magischen Steinkreisen und vorsintflutlichen Grablegen, gestaltet aus aufgetürmten Felsplatten. Ein urzeitliches Panoptikum, erfüllt mit vielfältigem Leben. Unweit der schwimmenden Inseln enttarnt ein Riss im dichten Dunst einen lauernden Fremden mit rußigem Gesicht, ins Dunkel lauschend. Seltsam. Hoch auf einem Findling stehend, späht er in die Weite des Bruchs, ignoriert die zu seinen Füßen irrlichternden bläulichen Flämmchen über dem lockenden Morast. Die verlorenen Seelen der Versunkenen sind es, die um Erlösung heischen.

Eine abgründige Welt umgibt den aufmerksamen Beobachter. Nichts ist, wie es scheint. Gut und Böse liegen hier, wie im Märchen, ganz dicht beieinander. Sanft getragen

vom wispernden Wind in den Weiden seufzt sehnsüchtig
eine Sumpfohreule gegen den sterbenden Mond, vernimmt
von unten ein appetitliches Rascheln, setzt an zum lautlos
finalen Schlag … Ein letztes Mäuseln – Stille. Über das
Fenn, vom Fluss her in der Ferne, tutet das Nebelhorn,
löst eine Flut von anschwellenden Tönen aus den Tiefen
des Raumes. Im Moor, diesem feucht zerfasernden Reich,
riecht es allenthalben nach Verwesung. Duftschlieren von
in Fäulnis übergegangenen organischen Resten wallen in
der Luft. Aus dem taumelnden Tumult der nächtlichen
Stimmen von glucksenden Gumpen, knackendem Tot-
holz, gellenden Nachtvogelschreien, knarrenden Kröten und
einem schauerlichen Stöhnen sich in Böen verwindender
Erlen trennt sich ein langgezogenes Geheul, gefolgt von
herannahendem Japsen und Hecheln. Ich hatte von der
dämonischen Kreatur gelesen und was da geschrieben stand,
kaum glauben können – belächelte die Geschichte eher.
Nun, inmitten des Geschehens, erkenne ich meinen Irr-
tum; hier ist kein Spuk aus Legenden am Werk, vielmehr
stecke ich in absolut dreister Wirklichkeit. Diese Erkenntnis
überläuft mich eiskalt. Ich höre die Läufe des berüchtigten
Bluthundes beim Näherkommen bedrohlich auf dem Torf
trommeln. Das rasende Tier hat meine Witterung aufgenommen, wird mich zweifellos stellen. Wer oder was kann
mir noch helfen?

Jähes Entsetzen ergreift mich dergestalt, dass ich augenblicklich, wie zur Salzsäule erstarrt, auf der Stelle stehe.
Meine Sinne verharren ohnmächtig, der Verstand setzt aus,
verirrt sich ins Nirgendwo, Schreie und *Worte zerfallen mir
im Munde wie modrige Pilze**.

Ich weiß heute nicht mehr genau, was mich damals rettete. War es der seltsame Fremde auf dem Findling oder war es ein verschlammtes Wasserloch, welches das Ungeheuer in seiner Gier übersah? Mein Körper wie auch Geist und Seele waren indes keine Einheit mehr, ich empfand mich vielmehr in tausend Einzelteile zersplittert und musste mich erst langsam wieder als schwieriges Puzzle zusammensetzen. Das dauerte eine geraume Weile, doch ging ich schließlich, ohne Schaden davon zu nehmen, wie neu daraus hervor. Nur ab und zu kann ich ein langgezogenes Heulen, Japsen und Hecheln während meiner mir zur Gewohnheit gewordenen Nachtläufe nicht ganz unterdrücken.

* Hugo von Hofmannsthal *Ein Brief/Chandos-Brief*

„Die Beschleunigung seiner inneren Regungen fühlt
sich für den alten Mann fast wie reisen an, bietet
ihm eine sichere Zuflucht. Dankbar lässt er die Zeit
zurücklaufen. Bilder von Sonne, Sand und Meer
wagen sich zögerlich an die Oberfläche und versuchen, eine heile Welt heraufzubeschwören.“

DYSTOPIE

„Dystopie, ein Ort an dem es schlecht um die Dinge bestellt ist." (John Stuart Mill)

Dystopie I – Heißzeit

Erzähler: Der Strand ist betoniert. Sand gibt es nicht mehr. Das überbordende Meer hat ihn sich geholt, von der Landschaft einfach weggeleckt. Überreste des ursprünglichen Ferienfeelings sind konserviert in Beton. Freudvoll anarchisch war ein Sandstrand für alljährliche Menschenhorden. Immer noch wird in melancholischen Tönen davon berichtet. Das ist alles.

Sonne, Strand und Meer. Verheißungsvolle Zauberworte einer untergegangenen Epoche.

Jetzt zählt nur noch Pragmatismus. Was an Land noch zu retten war, bekam ein Betonkorsett. Vorausgesetzt, das funktionierte. Denn, man glaubt es kaum, und so wurde mir berichtet, der Beton ist ein Sensibelchen. Seine größten Feinde beim Bau – Sonne, Hitze und starke Winde – erschweren oder verhindern gar geplante Projekte.

Sonnyboy: Wie das denn? Dafür haben wir doch unsere Spezialisten vom Bau. Die wissen sehr genau, wie sie bei welchen Temperaturen und atmosphärischen Gegebenheiten mit dem Beton umzugehen haben. All das lässt sich exakt berechnen, dosieren und anwenden.

Herr Allwissend: In der Theorie ja, wunderbar sogar. Die Praxis sieht heute anders aus. ‚Sonne und Beton‘, um es auf diesen Nenner zu bringen, erfordern versierte Ingenieure, Facharbeiter und Handwerker. Sonst taugt die ganze Chose nichts.

Sonnyboy: Ja, und? Wo liegt das Problem?

Herr Allwissend: Die gibt es nicht mehr. Nicht in genügender Zahl mit entsprechender Qualifikation.

Sonnyboy: Ach, du meinst Fachkräftemangel?

Herr Allwissend: Wenn es nur das wäre. Die Problematik ist weiter gefasst. Es gibt keinen brauchbaren Natursand mehr.

Sonnyboy: Das versteh einer? Die wachsenden Wüsten sind voll davon.

Herr Allwissend: Wüstensand taugt nicht dazu. Zu glatt, zu rund. Pappt nicht zusammen. Müsste mühsam und teuerst aufbereitet werden. Selbst die Wüstenstaaten mit ihrem Betonkult – ‚immer höher und gigantischer‘ – lassen ihren Sand aus Australien einführen. Megatonnen davon. Die simple Ursprungslösung ‚Kiesgrube‘ oder ‚Sandgrube‘ gehört längst der Vergangenheit an. Alles aufgebraucht. So ist es, leider!

Sonnyboy: Ach herrje! Was nun?

Herr Allwissend: Urlaub und Strandvergnügen brauchen einen völlig neuen Anstrich. Ganz hipp. Man macht den ‚Switch‘ in eine völlig andere Denke.

Sonnyboy: Du glaubst, das kauft man dir ab?

Herr Allwissend: Ist doch nur Marketing und Werbung. Extrem kreative Spezialisten, die richten das, einhundertprozentig. Die reden dir – mir nichts, dir nichts – das Badevergnügen aus, und eh du dich versiehst, willst du neuen Spaß. Urlaubsvergnügen nach angesagtem Zuschnitt.

Sonnyboy: Und da herrscht kein Fachkräftemangel? So wie am Bau?

Herr Allwissend: Ach was! Im Überfluss gibt's die. Sitzen in klimatisierten Räumen, machen sich die Finger nicht schmutzig und trainieren ihre Muskeln in schicken Studios unter den Augen bewundernder Begleitung. Ist doch klar – den Job will jeder.

Dystopie II – Macaron auf Abwegen

Erzähler: Die Welt hat sich sehr verändert. Eine erzwungene Modernisierung von heute auf morgen.

Von den Urlaubsinseln und -stränden waren, wenn überhaupt, blanke Kuppen übrig geblieben. Bar jeglicher Vegetation. Deren Reste mit effizienten Bioziden eliminiert. Die Losung hieß nicht mehr: ‚Gegen jedes Übel ist ein Kraut gewachsen.‘ Die Wahrheit heißt heute: ‚Gegen jedes Kraut entwickeln wir Übles.‘

Das soziale Gefüge dünnte aus wie die Umwelt. Es löste sich auf, wurde ebenso in gefärbten Zement gegossen wie die blanken Kuppen, die noch aus der See stachen.

Marketingstrategen der Industrie hatten nicht nur neue Worte, Philosophien und künstliche Wohlfühlwelten entwickelt, sie hatten über Jahre hinweg das Ziel ihrer Konzernlenker vor Augen gehabt und ganze Arbeit geleistet. Mithilfe ihres Schattenheeres von Juristen gelang eine freundliche Übernahme wie aus dem Nichts. Das Zepter war wie selbstverständlich zu ihnen gewechselt und sie hatten neue Hierarchien etabliert.

Wie war das möglich?

Ganz einfach, sie bauten die Weltbühne um. Die Politik mit ihren Systemen wurde in das Hintertreppenhaustheater verbannt. Gelegentlich vernahm man von dort noch wirre Operettentöne oder groteske Aufwiegelungsreden aus hoffnungslos untergegangenen Zeiten. Die horizontale Masse kennt deren Vertreter gar nicht mehr, sie sind völlig unwichtig geworden. Wahlen? Man hat doch neue Alternativen.

Auf der Hauptbühne tummeln sich die ‚Neuen‘, die Eliten. Sie haben das Sagen, bespielen die Shows. Smarte Vertreter und Vertreterinnen der Industrie und des Finanzgewerbes buhlen um Pfründe und Ränge. Für das tägliche Sorglostheater liebt man sie. Sie sind die absoluten Stars, haben den vertikalen Sog noch geschafft, bevor der Betondeckel ein Hochkommen unmöglich machte. Sie bilden ihre eigene Kaste. Schön sind sie, fast überirdisch schön, gebildet – das erkennt man an ihrer Eloquenz, selbst schwierigste Worte, gar fremde Sprachen perlen so selbstverständlich aus ihren makellosen Mündern. Ihr Auftritt wirkt unfehlbar und herzensgut.

Eine Aura von Goldlack scheint sie zu umgeben.

Ihre Perfektion erstickt jeglichen Wunsch, auch so zu sein. Die Stufen der Erfolgsleiter wuchsen künstlich in die Höhe, ein Hochkommen nicht mehr möglich. Der vertikale Sog ist zum Erliegen gekommen. Offen ist der Weg nach unten.

Die horizontale Verteilung der mittleren Massen ist ein breites Erfolgsmodell. Hier bleibt man unter sich, es dominieren Teams. Die neue Identität.

Das enttäuscht viele, nicht alle. Andere finden sich damit ab. Wieder andere negieren den Trend, rutschen ab. Einzelkämpfer, blind für das neue System, reißen sich darum, näher zum Scheinwerfer der Macht vorzudringen, in seinem Fokus zu erstrahlen. Dienen sich für zweifelhafte Missionen an und verlieren auf diesem Weg ihre letzten Skrupel.

Die Luft ist rau geworden.

Diametral entgegengesetzt entwickelten die Herrscher ihre Belohnungssysteme. Sie wurden weich, weicher geht es nicht.

Extrem beworben, damit sehr begehrt, sind Incentive-Reisen für erfolgreiche Teams zu den Inseln der ‚Macaron‘, den ‚Pralinés‘, ‚Marshmallows‘ zu den ‚Profiteroles‘. Diese Destinationen sind in aller Munde. Dafür legt man sich gerne krumm. Das Ticket dorthin kommt einem Verdienstkreuz erster Klasse gleich.

En vogue ist derzeit die ‚Macaron‘. Eine Inselkuppe, vanillepuddingfarben befestigt. Darauf bewegen sich auf soften Gleitern ‚Macarons‘, appetitlich pastellfarben lackiert. Genauso sehen sie aus, als lägen gefüllte Baisergebäcktaler auf einem Teller. Absolut beeindruckend. Ein Macaron kann ein Team von mehreren Personen aufnehmen. Das Unterteil ist rundherum mit fluffigen Sitzpolstern ausgestattet; gewissermaßen für die Crème de la Crème. Mit einem raffinierten Klappmechanismus, gesteuert durch eine künstliche Intelligenz, wird das Oberteil, das Dach des Macaron, höher oder tiefer reguliert. Sensoren messen die Stimmung und Laune an Bord und entscheiden danach. Ebenso geschieht es mit Geschwindigkeit und Fahrtrichtung. Ein Maximum an Lebensfreude für die Gruppe ist das Ziel.

Das Zentrum eines Macaron birgt sein Highlight. Kaum nehmen die Teamplayer Platz, fährt ein Tischleindeckdich teleskopartig aus dem Untergrund. Bedeckt mit Platten, Schüsseln, Schälchen und Etageren, gefüllt mit den köstlichsten Mandelmacarons, die man sich nur denken kann. Sie repräsentieren aufs Trefflichste den neuen Stil: zartsüß, samtcremig, fluffig und schmelzend. Keine Aggressionen mehr. Ein Schwelgen auf Wolken.

In dieses Muster passen eins zu eins die bereitgelegten Unisexjäckchen gegen womöglich aufkommende Winde:

federleicht, pastellige Farben, angeglichen an die der Macarons. Daunenweiche Wattefüllung in horizontalen Rippen gesteppt.

Und wie sie duften! Dauerparfümiert nach den angesagten Dufttrends der besten Kompositeure. Sie sind der Ausweis für eine mögliche Höhergraduierung ihrer Träger, der Umsatzträger, mit der Aussage: ‚So sehen erfolgreiche Player aus.‘ Die begehrten Daunenjäckchen sind Reisesouvenir und Trophäe zum Mitnehmen. Sie signalisieren allen: „Ich war da!“

Übrigens, Wind. Ein ‚Windizid‘ gibt es leider immer noch nicht. Die Industrie arbeitet tatkräftig daran.

Dringender schien es zu Beginn der Veränderung, das Wasser um die Kuppen mit einem bioziden Schaum in Swimmingpooltürkis zu besprühen. Zum einen, um gewisse organische Beimischungen unsichtbar zu machen, zum anderen, um das schaumgebirgige Feeling einer Badewannenfüllung optisch wahr werden zu lassen. Die Inselkuppe in ihrer Gesamtheit sollte absolute Reinheit ausstrahlen, Sehnsüchte sich erfüllen.

Ein milchiger Himmel, fast so, als wäre er mit einem Gazetuch bespannt, überzieht vogelfrei die Szene und lässt das Pastell der Farben in einem milden Licht erscheinen. So komplizenhaft kann Smog, gesättigt von Feinstäuben und Stickoxiden, wirken.

Eine wunderschöne kleine Welt, parfümiert mit den berauschendsten Düften, empfängt die Gäste.

Und da kommen sie. Ganz dicht an der Gangway stoppt das Düsenshuttle. Hermetisch abgeriegelte Türen öffnen sich und eine bunt lärmende Menge ergießt sich auf den Laufsteg. Bereits an Bord eingeteilt und eingestimmt streben die Teams zielsicher zu ihren Wunschmacarons.

In Reih und Glied, noch geschlossen, erwarten diese ihre Gäste. Sie wirken täuschend echt. Sehr appetitlich. Mint, Himbeer, Apricot, Caramel, Bleu … Nähert man sich ihnen, hebt der Klappmechanismus das Dach einladend auf Einstiegsniveau, die Gäste staunen, lassen sich in die Kissen sinken. Die Macarons nehmen Fahrt auf, drehen sich, tanzen fast, gewinnen Raum. Noch winken die Teams sich zu, verlieren sich bald aus den Augen.

Was für eine feine Art, sich, in weiche Kissen gebettet, geräuschlos auf vanillepuddinggelbem Belag fortzubewegen. Ein Cabriofeeling ohnegleichen. Die türkisblau aufgeschäumte See immer im Blick. Eine Wohltat, keine Illusion, der Milchhimmel ohne Wolken und Vogelgeschrei.

Zarte Duftschwaden von Marzipan, Orangen und Buttervanille begleiten die Macarons auf ihrem harmonischen Inselballett. Die künstliche Intelligenz an Bord regelt alles auf das Beste. Sanfte Musik umschmeichelt das Gehör. Ein sonores Surren kündet das Tischleindeckdich an und eine reich gedeckte Wunderwelt tut sich vor den Augen der Erwartungsvollen auf. Dominiert zunächst zurückhaltendes Staunen, reißt dann die Stimmung selbst die Ruhigsten mit. Der Angriff auf die süßen Macarons beginnt. Das ist der Moment, auf den wahrscheinlich alle hingefiebert haben.

Die Vorstellungswelten im Vorfeld werden durch die Wirklichkeit bei Weitem übertroffen. Das Zusammenspiel aller ausgetüftelten Ingredienzien gelingt perfekt. Eine reibungslose Choreographie der Künstler. Die Produktmanager tragen, im Verein mit den Marketingleuten, wieder einen ihrer lauten Siege davon.

Vergessen hat man die Crew der leisen Töne. Entwickler der KI, die IT-Spezialisten und Techniker.

Ein überwältigender Ausflugstag geht zu Ende. Die Macarons trudeln mit einer letzten Pirouette an der Gangway ein und entlassen ihre gesättigte Fracht. Zum Abschied blinken die Bordlichter der Macarons mehrmals auf und Elvis' süßer Abschiedsgruß *Wooden Heart* tönt romantisch weithin. Verträumt und müde im Polkatakt erreichen die Teams das Shuttle.

Ein Team, das mintfarbene, nicht. Es fehlt.

Bericht der Security: Die Suche nach dem mintfarbenen Macaron dauerte nicht lange. Ein schwarzer Schwarm zeigte den Verbleib des vermissten Gefährts an. Eindeutig. Zusammengeklappt, im Außerdienstmodus. Äußerlich perfekt wie ein Macaron mit Füllung. Man fand es am Ende der Inselkuppe, und die Fleischfliegen rasten wie irrsinnig um diese Verlockung. Kein Einschlupfloch, hermetisch abgeriegelt.

Erzähler: Von woher diese abertausenden Fliegen gekommen sein mochten? Die Pestizide sollten ihnen eigentlich den Garaus gemacht haben. Eigentlich.

Offenbar war die Natur noch nicht so tot, wie man geglaubt hatte. In diesem Fall ein Lichtblick.

Über die Ursache des Macarongau lässt sich zunächst nur spekulieren. War es ein Hack? Ein Bug? Ein Virus? Eine Untersuchung wird es aufklären.

Die Macarons tanzen inzwischen in kompletter Farbpalette wieder ihr Inselballett.

„Ab diesem Zeitpunkt hilft nur noch ein
reinigendes Gewitter."

EIN PROBLEM LÖST SICH IN NICHTS AUF

„Das ist die Schreibanregung für die nächste Sitzung."

Was soll ich dazu schreiben? „Ein Problem …?" Nur welches? Soll ich bei diesem oder jenem beginnen? Wie viele liegen dazwischen? Welches aus der Menge empfiehlt sich als orakelwürdig? Bleistift und Papier liegen bereit, um eine Blitzidee festzuhalten. Die Gedanken mäandern durch meine Problemlandschaften, der rettende Einfall bleibt aus, das Blatt Papier weiß und leer. Der Zauber des ersten Wortes will sich nicht einstellen. Dunkle Wolken umhüllen mein Grübeln. Plötzlich, neongrell aufscheinend, ein Wetterleuchten am Horizont, und ein zackiger Blitz zerreißt den Nachthimmel. Ein krachender Donner unmittelbar darauf bestätigt das Gewitter. Und schon fängt es an zu regnen. Schnurgerade regnet es Buchstaben über Buchstaben auf mein Blatt Papier. All die in Worte und Sätze gefassten Gedanken hatte der Blitz zerrissen und lässt die Einzelteile vor meinen Augen niederprasseln.

„Da hab ich meinen Buchstabensalat!"

Direkt vor mir auf dem Schreibtisch – ein Problem. Mit meinem Unterarm schiebe ich es beherzt zur Seite. Darunter blitzt ein weißes, leeres Blatt Papier hervor.

Ein Problem hat sich buchstäblich in Nichts aufgelöst.

„Nach Zwiesprache, veranlasst durch das Naturphänomen, hört sich der alte Mann mit Freuden
den Titel einer wundersamen Wildflussgeschichte
zitieren. Als eine kleine Zugabe seines Gedächtnisses wertet er diese Überraschung. Diese entführt
ihn an die abwechslungsreichen Gestade alter und
neuer Zeit, lädt die gewaltige Natur in sein Denken
und Fühlen ein. Der alte Mann fühlt sich beschenkt.“

Eiskalte Tropfen, abgepresst von Höhlenadern, spie das majestätische Gebirg aus einem schrundigen Spalt in hohem Bogen hinaus. Ein Sonnenstrahl erhaschte die Spritzer und zerlegte deren innewohnende Mysterien in ihre Einzelteile. Farben waren es. Die irisierenden Farben des Regenbogens. Der Wind ließ sie tanzen und abrupt wieder los. Flirrenden Juwelen gleich stoben sie in ein bereitetes Bett. So kam ich auf buntglitzernde Weise in die Welt. Plätscherte zunehmend quirlig über Stock und Stein, murmelte durch schattige Moosmulden, vorbei an schroffen Felsen und saftigen Blumenwiesen. Bahnte meinen jungen Lauf nach dem Gefälle, Richtung Nord. Schwoll an durch Zubringer von allen Seiten. Sie fütterten mich unmäßig mit ihrer Kraft und boten massig Grund und Boden als Nahrung. Steine waren es. Unmengen von Steinen und Geröll. Bergeweise Geschiebe, durchmischt mit Baumstämmen, losgelöst von steilen Höhen.

So wuchs ich rasch, wurde stark und gefürchtet. Ungebändigt toste ich über Felsen und Findlinge, stürzte von Felstürmen im freien Fall, zwängte mich durch furchterregende Schluchten und bahnte mir meinen Weg dort, wo es nicht weiterging, gewaltsam gegen alle Hindernisse.

Ich wurde zum mächtigen Herrscher ganzer Landstriche. Dehnte mich aus, formte und gestaltete sie nach meinen Launen und hauchte ihnen neues Leben ein. Denn nicht nur Kies und Schotter beförderte ich in künftige Gestade.

Unzählig kleine, gänzlich verschiedene Samenkapseln trug ich Huckepack mit mir und lud sie an geeigneten Stellen ab. Blühende Landschaften – ja, Sie haben richtig gehört und bei mir stimmte es auch – blühende Landschaften entstanden durch mein Wirken. Doch nicht nur.

Meiner Natur entsprach es, ständig neue Wege für meinen Lauf zu suchen. So wuchs ich ab und an extrem in die Breite und zog mich dann aus unklarem Anlass zurück. Hinterließ Labyrinthe von Kiesbänken und feinsten Sandsenken, Sümpfen und Altwassern, um sie bald darauf wieder verschwinden zu lassen. Unergründliche Launen eines wilden Geschöpfes eben. Die grüne Natur dankte es durch ungezügeltes Wachstum und eine große Artenvielfalt. Mit diesem Hin und Her sorgte ich für meinen charakteristischen Geruch. Meine Anrainer, insbesondere die weiblichen Geschlechts, behaupten bis heute, ich rieche nach Schilf, Pappeln, Weiden und Lehm. Sie recken ihre Nasen in die Luft, schnuppern und wissen – das ist der Duft der Heimat.

Ich bin unsterblich. Nicht nur das: Ich bin zeitlos. Aber – ich bin verletzlich.

Meine Gegner versuchten lange Zeit einiges, mich zu zähmen, meine Fluten einzudämmen. Es waren harte und lange Kämpfe zwischen uns. Nun bin ich nicht mehr Herr meiner selbst. Sie haben es geschafft, haben mich unterjocht.

Denke ich zurück an meine rauschenden Zeiten, überkommt mich Wehmut. Das Land war willig, ich seine Lebensader. Wunderbare, abwechslungsreiche Landschaften formte ich auf meine Weise. Die Natur dankte es mir, egal was ich tat.

Eines Tages begannen die Modernisierer, mich in ein schnurgerades Korsett zu zwängen, und verpassten mir ein stufenartiges Gefälle. Sie waren meine Faxen endgültig leid. Mein mäanderndes Nomadenleben wich ab sofort ökonomischen Prinzipien.

Trotz Unsterblichkeit: ein kleiner Tod.

Selbst die Wasserwesen in meinem Gefolge, Fische, Biber, Otter, Schlangen, Vögel, Amphibien und Insekten, erschraken fast zu Tode durch diese extreme Veränderung. Einige konnten sich noch retten, doch die ursprünglich immense Vielfalt der Arten schaffte es nicht. Nur wenige davon überlebten und kämpfen seither um ihren Platz an meinem knapp bemessenen Gestade.

Die Angriffe auf mich nahmen kein Ende. Immer noch sei ich zu wild und ungebärdet, führe immer noch zu viel Geschiebe mit mir und erhöhe die Gefahr von Umweltkatastrophen. Mit diesen Argumenten wurde der Bau von seeartigen Staustufen entlang meines Laufs begründet und mir damit ein weiteres Stück meines Wesens genommen. Zusätzlich raubten sie mir meine enorme Energie: Elektrizität hatte ich zu produzieren – Tag und Nacht, ununterbrochen. Steinreich wie ich war, wurde mir auch dieser Reichtum von den Kieswerken genommen. Lohnen musste ich mich und meine Gefangenschaft teuer bezahlen.

Hat ein Wildfang wie ich ein Gefühl? Ich antworte darauf: „Ein gerupfter und gestutzter Fischadler lahm am Boden darniederliegend könnte nicht anders fühlen. Für nichts, was mir wichtig war, zunutze. Ausgebeutet versinke ich schamtief in meinem Bett.“

Bis zum Fuß der steil aufragenden südlichen Hochterrasse, genau hier an dieser markanten Stelle, reichte meine ausufernde Vergangenheit. Die Umgebung, geschaffen durch mich, wildschön, wasserreich und naturnah, war Grund genug für die wachsende Zahl von Anrainern und Zuwanderern, an diesem strategisch günstigen Platz vor über zweitausend Jahren eine Stadtgründung vorzunehmen. Was ist daraus geworden? Eine kulturreiche grüne Stadt mit bedeutender hoch technisierter Wasservergangenheit. Geradezu preisverdächtig.

Ich war und bin es, der bis zum heutigen Tage zuverlässig die Kanäle mit seinem graugrünen Wasser füllt, seinen typischen Duft in das Gassengewimmel hineinträgt, sie durchlüftet und eine natürliche Lebendigkeit ins Stadtbild zaubert. Meine stete Geräuschigkeit schluckt Verkehrslärm – na ja, ein bisschen, immerhin. An seine Stelle treten Vogelstimmen. Da, wo Erlen, Pappeln und Weiden meinen Gefährten wie Eisvogel und Wasseramsel wieder ein Zuhause geben und der Biber für Staunen, manchmal auch für Aufregung sorgt.

Die Bürger Augsburgs lieben mich.

Warum nicht die Regierenden? Eine arterhaltende Fischtreppe am Hochablass wurde mir vor Langem versprochen. Auf sie warte ich bis heute. Ebenso die Fische in ihrem angeborenen Wander- und Vermehrungsdrang.

Unzähliges hat man mir genommen. Was, wann und wie viel wird man mir davon zurückgeben?

Krank und siech bin ich geworden – Euer sagenhaft wilder Gebirgsfluss. Mein Bett ist marode. Trotzdem läuft meine Ausbeutung auf Hochtouren bis auf den Grund.

Meinen Rettern und Pflegern mit naturnahen Lösungen werden immer noch gewaltige Steine in den Weg gelegt.

Um eine lebenswerte Zukunft für mich und Euch muss ich bangen.

Wollt Ihr nicht Eure Wasserader und einen liebgewonnenen Gefährten missen, vor allem Euer Gesicht nicht ganz verlieren, dann …

rettet mich! – mich, den Lech!

„Z. ist zum Beispiel so ein Charakter. Oft drängt sie mit ihrer vorlauten Art den alten Mann zu einem Wiedersehen. Und er? Er gibt gerne nach, genießt es, sich von ihren kleinen Abenteuern einlullen zu lassen und einen Hauch von Schokolade auf seiner entwöhnten Zunge zu spüren."

STRAWANZEREIEN

Z. kramt in ihrer Abenteuerkiste. Geht gerne weit zurück in der Zeit, denn da, Ende der Fünfziger, waren kleine Abenteuer und Entdeckungen noch leicht möglich, lagen gewissermaßen vor der Haustür. Insbesondere für ein Kind von so ungefähr neun bis zehn Jahren. Die Schulferien hatten begonnen. Eine unendlich lang erscheinende Zeit von sechs Wochen sollte nur dazu da sein, endlich das zu tun, was man sich während des ganzen Jahres erträumt hatte.

An erster Stelle stand ausschlafen, um wach zu sein für einen langen Tag mit aufregenden Strawanzereien. Ein kaum zu erwartendes Gefühl, von der Sonne anstatt des hüpfenden Weckers geweckt zu werden. Als Zweitwichtigstes, für den Rest des Tages bis zum Abendessen entlassen zu werden. So fühlte sich Freiheit an.

Ihre Unternehmungslust trieb sie hinaus an den Rand der Häuser, eine Straße weiter. Dahinter, im Westen, nichts als grüne Felder, Wiesen, weiter Himmel und – Kiesgruben.

Eine davon war noch richtig in Betrieb. Sie lag weiter weg. Grau und hässlich, verkrustet von Staub und verdreckt war hier die Umgebung. Schon von Weitem waren die monströsen, hoch in den Himmel ragenden Gerätschaften zu sehen. Von Zeit zu Zeit machten sie Rabatz wie eingesperrte Ungeheuer. Hohe Kies- und Schotterhaufen vereitelten die Sicht auf Dahinterliegendes. Das Gelände war ringsum eingezäunt. Zum Glück. Denn eine Meute von kläffenden Wachhunden gierte danach, endlich einen Eindringling zu erwischen. Was würden sie mit ihm anstellen? Das stellte sie sich lieber nicht vor. Sie ängstigten Z. mindestens genauso wie die ‚schlimmen Männer‘, vor denen allseits gewarnt wurde. Am besten war es deshalb, vor den an- und abfahrenden Lastwagen in Deckung zu gehen.

Interessanter und friedvoller war es, den Trampelpfad zu einer kleinen Schuttgrube einzuschlagen. Sie lag etwas abseits der großen, die damals ständig mit nachgeliefertem Hausmüll verfüllt wurden, und war eine ihrer Lieblingsspielplätze. Ständig veränderte sie das Aussehen. Nichts war morgen so wie heute. Niemals gab es Langeweile. Ein Eldorado für ein Kind wie Z.

Ab und zu traf sie zufällig auf ihren kleinen Bruder oder die Buben aus der Straße. Am liebsten war sie jedoch allein. So konnte Z. sich nach Lust und Laune treiben lassen. Hörte die vielfältigen Vogelstimmen, allen voran das fröhliche Tririli der Lerchen im Singflug, spürte die warmen Sonnenstrahlen auf ihrer Haut und bestaunte die unzähligen Wildblüher, die sich hier wohlfühlten und sich ungehemmt ausbreiteten. Schmetterlinge, magisch von der Vielfalt angezogen, umgaukelten sie, und allerlei Insekten wie Bienen und Hummeln kamen zu Besuch mit ‚dicken Hosen‘ gelber Pollen. Sie summten und brummten ununterbrochen um die Wette.

Wollte man in die Schuttgrube hineinschauen, mussten Hügel von Aushub und Angekarrtem überwunden werden. Oben auf dem Kranz blühte es bunt wie beim Kleingartenwettbewerb. Das war das Paradies. Lenkte man dagegen den neugierigen Blick in die Tiefe, sah es übel aus. Statt einladendem Türkisgrün oder Silberblau, wie die frisch angelegten Kiesgruben sonst aussahen, schäumte und blubberte es in diesem hässlich grässlichen Höllenloch schleimig grüngelb. Ein Geruch von Fäulnis lag über diesem veralgten Sumpf. Z.s größte Sorge und Furcht war, aus Versehen vom Kranz aus abzurutschen und in dieser ekelerregenden Brühe zu landen.

„Bitte, bitte nicht!", sagte sie laut vor sich hin. Und trotz alledem trieb es sie zu diesem Unort. Die Faszination des Hässlichen übte einen unwiderstehlichen Drang auf sie aus, immer wieder den Weg zum Höllenloch zu wählen. Ein Grusel, ein Schauer jagte stets über ihren Rücken beim Blick in die eitrige Tiefe. Dieser lotete auch exakt die Veränderungen gegenüber dem Gestern aus. Es blieb tagtäglich spannend.

Kam man in die Nähe dieser wundersamen Welt, drohten an allen Ecken und Längsseiten des Aushubs Schilder an eingerammten Pflöcken: „Schutt abladen bei Strafe verboten". Kein Polizist war weit und breit zu sehen. Alle luden ihren überzähligen Krempel und gefährliches Zeug hier ab.

Auch die damaligen Besatzer. War es vielleicht sogar ‚ihr Ami' von schräg gegenüber? Egal. Eines flirrenden Sommertages inspizierte Z. die Lage am Höllenloch. Und was sah sie da? Original verpackte Pakete der Besatzer waren vom Rand aus hinuntergeworfen worden. Knapp hatten sie dabei den Modder verfehlt. Ganz deutlich war von Fernem ein großes „US" zu lesen. Z. war davon elektrisiert. So ein Paket musste sie haben. Ihre Neugier war übergroß.

Um an das zuoberst gelegene zu gelangen, wagte Z. sich auf den Schotterabhang. Das war einfach, denn die runden Steine, vermischt mit Kies, Sand und Erde, trugen sie geradewegs hinunter zu ihrem Begehr. Geradezu andächtig ergriff sie den Karton, an dessen Deckel sie noch „Army" entziffern konnte. Flugs schnitt Z. die Packbänder mit ihrem kleinen Taschenmesser (erster Preis beim Erdkundewettbewerb) durch.

Staunend blickte sie auf die Wunderwelt in der Schachtel. So etwas hatte ihr Schokoladenherz noch nie erlebt. Obenauf lag „Hershey's", das sagte ihr erst einmal gar nichts. Doch der Zusatz darunter, „Milk Chocolate", ließ sie etwas ahnen und jubeln.

Mittlerweile hatte Z. sich so an dem rutschigen Abhang eingerichtet, dass sie mit dem Gesäß bequem in einer Mulde lehnen konnte. Das schleimig blubbernde Gelbgrün des veralgten Gewässers unten hatte seinen Schrecken für sie verloren. Hershey's hatte Z. im Handumdrehen unglaublich stark gemacht.

Sie kruschtelte weiter im Karton. „Peanutbutter". Was war das? Sie öffnete das Döschen und tunkte den Finger in die gelbbraune Masse. Roch und leckte vorsichtig daran. Traumhaft dieser Geschmack. Erinnerte sie stark an geröstete Erdnüsse, schmeckte aber doppelt so gut. Eine Silberfolienverpackung enthielt etwas wie eine Kakaotablette, so groß und dick wie die Badetabletten der Oma. Vorsichtig biss Z. ein Stück davon ab. Himmlisch! Süß zerging der Pressling auf ihrer Zunge und löste ein unglaubliches Wohlgefühl aus. Mit silbrigen Päckchen und goldenen Döschen ging es weiter und weiter, die Schätze nahmen kein Ende.

In einer Zeit, als diese Wohltaten absoluter Luxus waren und Kinder kaum Zugriff darauf hatten, hielt Z. jene in ihren Händen und konnte ihr Glück kaum fassen.

Allmählich jedoch schwante Z. Übles. Wie sollte sie mit der Schatzkiste den Weg nach oben schaffen? Angestrengt überlegte sie hin und her. Es gab zwei Möglichkeiten, einen Teil des Strandguts zu retten: Erstens so viel wie möglich gleich verputzen. Zweitens den Rest mitnehmen – also in Hosentaschen und direkt an den Körper, sprich: in die Unterhose, stopfen. Auf diese Weise hätte sie beide Hände frei und könnte wieder hochkraxeln. Gedacht, getan. Z. schwoll der Bauch, die Hosentaschen platzten schier, die gefüllte Unterhose hing fast bis zu den Knien und das Hochkraxeln war unter diesen Umständen auch nicht so einfach wie gedacht. Doch Z. knickte nicht ein. Mit kolossaler Anstrengung schaffte sie es und rannte schnurstracks nach Hause.

Es war einfacher, als sie befürchtet hatte. Keiner daheim. Mit ihrem Schlüssel um den Hals konnte Z. rein und raus. Die geheimen Köstlichkeiten versteckte sie unter dem Bett. Nun brauchte sie ihren Bruder als Verbündeten. Das war bisher selten geschehen, doch in diesem Fall nötig. Zum Glück kannte Z. seine Lieblingsplätze und eiste ihn mit einem lockenden Versprechen los. Verschworen mopsten die beiden die Wäscheleine aus dem Weidenkorb und zogen hinter die Häuser.

Wiederum übernahm Z. den Abstieg mit dem Anfang der Leine. Der kleine Bruder hielt oben die Stellung mit dem Restseil. So einfach wie zu Beginn war es nicht mehr mit dem Bergen der Köstlichkeiten. Z. musste weiter runter. Gefährlich nah an den Höllenschlund. Der Gedanke an

Hershey's hielt sie in der richtigen Balance. Steil fiel der Abhang nach unten direkt ins Wasser, und von oben rutschte Aushubmaterial nach. Doch mit Gewitztheit und Ausdauer gelang es ihr, zwei weitere Pakete an sich zu bringen und das Seil drumrum zu schlingen.

„BeBe, zieh hoch!"

Und der Hänfling, dem sie ein Paket als Belohnung versprochen hatte, zog die Last tapfer mit all seiner Kraft nach oben. Erleichtert darüber, dass sie der Hölle nochmals entkommen war, machte Z. sich an den bröselnden Aufstieg und erreichte sicher den Rand.

Überglücklich schleppten Bruder und Schwester nach bestandenem Abenteuer ihre Beute nach Hause.

Die nächsten Stunden vergingen wie im Schoko-Kakaotabletten-Peanutbutter-Cracker-Marmeladen-Rausch.

Und wie nach einem echten Rausch erging es den beiden am nächsten Tag. Ihnen war grottenschlecht. Sie hatten sich schlichtweg überfressen, büßten mit Übelkeit und völlig gestörter Verdauung. Den genauen Grund dafür kannte außer ihnen selbst keiner. Sie hielten absolut dicht.

Was lag näher an diesen sommerlichen Traumtagen als die Diagnose: ‚Sonnenstich'?

„Ein sinnliches Vergnügen aus seinem erinnerten Repertoire bereitet ihm ein Naturausschnitt, inspiriert von Rimbauds *Farbe der Vokale*. Darin steht U für Grün. Mit Wonne turnt die Zunge des alten Mannes um das Wort mit U, entlässt den Hauch des U durch die zur Rundung gespitzten Lippen in die Stille. Und er hört sich gerne dabei zu. Korrigiert sich zuweilen, liebt es, seine markante Stimme präzise zu entlassen und den Raum mit seinen Lauten zu füllen. Das bedeutet für ihn Glück. Leben in einer ästhetischen Form gemäß seiner Möglichkeiten.“

RIMBAUDS FARBE DER VOKALE

Von dunklen Mauern im Morgengrauen
vor Tau und Tag bis zur Mittagsglut,
drunt' in der grünen Au.
Munter murmelt am Flussufer Ungesagtes
im verwunschenen Grund,
hält Bewunderer wie Uneingeladene auf der Bruck
ununterbrochen bei Laune,
umarmt stumm undurchdringliche Gumpen,
suppt hinaus über die ruppig verwucherte Niederung,
umschmeichelt einen Trupp stummer Trauerweiden
am Saum des Sumpfs und
suhlt sich trunken durch urwüchsiges Unkraut
im seichten Pfuhl.
Urige Strudel rumoren glucksend im ungefähren Raum,
verlaufen sich unversehens vom Juli in den August
und weiter zur Zukunft.
Krautiger Duft erfüllt schwüle Luft.
„Unwetter!", unkt die Unke im Bruch.
Blutsauger surren in Schattenbuchten, durch den
Bewuchs auf der Flucht vor huschenden
Azurjungfern.
Brummende Hummeln tummeln sich auf funkelnden
Blumeninseln.
Zauber der Futtersuche.
Wunsch, Traum, Halluzination?
Natur pur. Alles im Fluss.

„Der alte Mann will diese Vorstellung nicht weiterspinnen und wechselt mit einem abwehrenden
Achselzucken von seiner Betroffenheit über
zum herumgeisternden Vorkommnis mit dem
verstorbenen Schriftsteller. Überrascht stellt er
gegen den Schluss fest, dass der Text ironischer
wirkt, als er ihn bisher memoriert hatte.“

AUSGETRICKST

„Vor einem Jahr kam mein Vater auf die denkbar schwerste Weise zu Schaden, er starb."[*]

Damit war er mir eilfertig zuvorgekommen. Ich meine, mit dem Sterben. Mein Besuch erfolgte zu spät.

Da stand ich also nun; starr über die sitzende Leiche gebeugt und versuchte, aus dem fahlen Gesicht etwas herauszulesen, was da nicht geschrieben stand.

„Warum nur bist du mir zuvorgekommen?", fragte ich ihn anklagend. Es war das Erste und für mich Bewegendste, das mir einfiel.

Natürlich antwortete der Vater nicht, sah mich nur weiter stoisch mit halb geöffneten Augen an.

Meine gebeugte Körperhaltung schmerzte mich allmählich. Um es bequemer zu haben, zog ich einen freien Sessel heran und setzte mich ihm gegenüber. So auf seltener Augenhöhe mit ihm ging es mir schon gleich viel besser. Nichts schmerzte mehr.

Neugierig besah ich mir seine unordentliche Haltung, schlaff und lasch, halb liegend, halb sitzend im Lehnstuhl, der rechte Arm hing an der Seitenlehne herab, der andere ruhte gebeugt im Schoß, sein Haupt war in die Ecke zwischen Kopfpolster und Ohrenbacke gesunken. Aus seiner Gesichtshaut war jeglicher Turgor gewichen. Spitz ragte seine Nase aus ihrer Umgebung. Unwillkürlich kicherte ich. Mir fiel das Gemälde von Jacques-Louis David ein. In genau dieser Haltung hatte er den gemeuchelten Jean-

Paul Marat in seiner Badewanne gemalt. Ein faszinierendes Bild.

Solchermaßen entspannt wie jetzt hatte ich den lebenden Vater niemals zu Gesicht bekommen. Er hätte es für höchst unschicklich mir gegenüber gehalten. Umso mehr freute mich jetzt seine fehlende Contenance, das machte ihn plötzlich zugänglicher für mich.

Ganz sicher hatte er nicht damit gerechnet, seine abtrünnige Tochter könnte ihn auffinden, denn ihrem kritischen Blick hätte er sich in seiner Lage nicht freiwillig ausgesetzt: Der Vater degradiert zum derangierten Nichts – sie auf ihn herabschauend. Unvorstellbar, unverzeihlich.

Der Regulator an der Wand tickte immer noch, unbeirrt schwang sein langes Pendel hin und her. So lange konnte es also nicht her sein, dass Gevatter Tod seinen Dienst verrichtet hatte. War er eingeladen gewesen oder hatte er eine unangemeldete Visite absolviert? Nachdenklich ging ich zur Uhr an der Wand, nahm den Schlüssel aus dem Fach des Gehäuses, zog das Werk sowie die Feder für den Stundenschlag auf, legte den Schlüssel zurück und schloss das Türchen.

Beim Zurückgehen war ich versucht, die Leiche anzustupsen, doch ich zögerte noch, verschob die bestätigende Aktion auf später. Nichts hatte sich verändert, seine Haltung, die halbgeöffneten Augen schienen unbewegt, obwohl sie mich ununterbrochen anstarrten. Für Vater war das ungewöhnlich. Bislang, ich meine, zu seinen Lebzeiten, mied er den Blick seiner Tochter und vermied es auch, sie seinerseits anzusehen. Viel lieber vertiefte er seine Augen in literarische Texte. Schwarz auf Weiß, exakt in Zeilen gefasst.

Das war ihm der liebste Anblick. Das war sein Revier. Das gab ihm ein sicheres Gefühl.

Klick: Der Vater am Schreibtisch umgeben von Manuskripten während eines Interviews.

Seine Kleidung glich dem Schreiben. Immer korrekt. Konsequent. Kontrolliert. Ganz genau durchkomponiert. Schwarz und Weiß. Keinerlei Abweichungen. Für mich immer wieder erstaunlich, diese engmaschige Geradlinigkeit. Nicht nur in Kleidungs- oder Geschmacksfragen. Alles in seinem Leben ordnete er diesem Prinzip unter. Außenstehende empfanden seine Art als künstlerisch individuell und kreativ, für die Familie war sie unerträglich.

Klick: Ein Pressefoto zeigte ihn aufrecht in seinem, diesem Lehnstuhl, ernst in die Kamera blickend.

„Ich war dir zu bunt, ein Schlag gegen dein ästhetisches Empfinden. Du wolltest mich übersehen, nicht anschauen, damit unsichtbar machen. Nun saß ich vor dir und ließ mich von deinem gebrochenen Blick betrachten. Saß ich gerade? Liebkindlächeln? Leichte Kopfseitwärtsneigung? Die Beine sittsam nebeneinander gestellt? Präsentabel? – Sowieso nicht!" Ein abschätziges Lachen entfuhr mir. „Eine grässliche Vorstellung wäre diese Situation für dich gewesen, undenkbar."

Angriffslustig beugte ich mich vor. „Du", dabei zeigte ich mit dem Finger auf ihn, „weißt du, wie du warst? Ich sage es dir: Stocksteif und unerbittlich! Es gelüstete mich oft danach, deine schwarzweißen Linien durcheinanderzuwirbeln, sie zu verknoten, idealerweise ein Labyrinth daraus zu formen, aus dem du nicht mehr hättest herausfinden können. Heute kam ich zu dir, um dieses Werk endgültig

zu verrichten. Doch hellseherisch bist du mir zuvorgekommen.“

So beharkte ich ihn mit Worten und ließ ihn nicht aus
den Augen, wobei er mir weiterhin geduldig zusah. Eben,
gerade eben war es mir gewesen, als zuckte sein rechtes
Lid. Da, nochmals. Oder täuschte ich mich? Die Fantasie
spielte mir einen üblen Streich. Gewissheit war nötig. Ich
sah mich gezwungen, ihn anzufassen. Der Gedanke machte
mich nervös.

Alles, wirklich alles hatte ich mir anders vorgestellt.

Ich erhob mich, langsam näherte ich mich dem Leich-
nam. Bemerkte ich da einen hämischen Zug um seinen
Mund, den ich bislang übersehen hatte? Ich fühlte mich
auf einmal hilflos, weil ich nicht wusste, was oder wo ich
ihn berühren sollte. Das Gesicht? Er könnte, man weiß es
ja nicht, zuschnappen oder unerwartet seine blauen Augen
aufreißen. Übrigens das einzig Farbige an ihm. Eine Hand?
Sie könnte zupacken trotz schmalen Wuchses, schlanker
Finger und sorgfältiger Maniküre. Vom Kichern zur Angst.
Nur eine winzige Veränderung in der geringen Entfernung
voneinander würde Starkes bewirken. Entmutigt fiel ich in
meinen Sessel zurück. Was sollte ich tun? Das fragte ich
mich.

Wäre es möglich, seinen Zustand allein durch eine Berührung seiner Kleidung festzustellen? Zumindest eine viel-
versprechende Möglichkeit für meine seltsam sensible Be-
findlichkeit. Ich war doch sonst nicht so etepetete.

Hahnentrittjackett schwarz auf weißem Grund – selbstverständlich. Günstig geschnitten, sah nicht mal übel aus
und kaschierte wirkungsvoll, wie ich wusste, dezente Röll-

chen um den Rumpf. Das hatte er schon immer gut verstanden. Sogar in dieser, ihm wenig schmeichelnden Position. Das Jackett hatte im Rapport aufgesetzte Taschen, sodass diese nicht sofort auffielen. Sollte ich in diesen Taschen nachsehen und gleichzeitig seine körperliche Konstitution eruieren können? Also durch die Jackentasche an die Bauchdecke tippen? Sehr fragwürdig. Doch war dieser Gedanke den vorherigen vorzuziehen. Ich wollte diesen Entschluss wagen und zur Tat schreiten. Tatsächlich brauchte ich Gewissheit.

Da, der Stundenschlag des Regulators wollte mich zusätzlich anfeuern. Eins, zwei, drei … „Da capo", sprach ich mir Mut zu. Beherzt griff ich nach seiner im Schoß liegenden Hand.

Jedoch – eine Hand, die man drücken möchte, muss dieses zulassen. Seine Hand, in gekrümmter Haltung, widersetzte sich vehement meinem Ansinnen. Sie war eiskalt, stocksteif und unerbittlich. Unangenehm! Ich musste die Sache anders angehen und zwar so: ihn nicht direkt berühren. Es gab eine Möglichkeit, mal sehen. *„Dann ging ich zu Vater und griff ihm in die Tasche, zuerst in die falsche und dann in die richtige."**

---

* Jurek Becker *Bronsteins Kinder*, erster und letzter Satz

„Wie dem auch sei, ein eindrucksvolles Erlebnis von Z. ist ihm schon lieber. Z., na klar, der alte Mann schmunzelt in sich hinein, die kleine Zauberin, sie kann ihn bestimmt aufs Neue verblüffen. Und sie tut es, zuverlässig.“

DER ‚BAU‘

„Pssst! Beeil dich, setz dich hin und sei still, der Opa kommt!“, sagte in ängstlichem Ton die Oma zur Enkelin.

Zum Glück passierte das nicht jedes Mal, wenn sie Lust hatte, die Großeltern zu besuchen, denn der Opa blieb oft weg. Genau genommen besuchte sie nicht die beiden, sondern deren Wohnsitz: ein Siedlerhäuschen samt hölzernem Anbau, umgeben von einem großen Nutzgarten mit einem Hühnerhof und dem ‚Bau‘. In diesem Paradies konnte sich Z. den lieben langen Tag beschäftigen, ohne irgendwen oder irgendetwas zu vermissen. Haus, Garten und ‚Bau‘ weckten in ihr kreative Neigungen und ließen sie die Zeit vergessen. Die Oma nahm wenig Notiz von ihr, beschäftigte sich, stets gewandet in eine gemusterte Kittelschürze, weiter mit ihrem Haushaltskram und ließ die Enkelin an einer langen Leine laufen. Für den Fall eines Falles war sie da – das genügte.

Und der Opa? Ein Sonderling, sehr speziell. Einerseits forderte er Z.s Neugier durch seine seltsame Art heraus, andererseits war er ihr nicht ganz geheuer und sie war froh, wenn er weg war. Und das war er zum Glück meistens. Der Opa war Buchhalter. Zum einen führte er die Konten einer größeren Firma, zum anderen diejenigen einer Geschäftsfrau; das machte er privat nebenbei, wenn er von seiner Arbeit im Büro nach Hause kam. In die letzteren Journale, ausgebreitet auf dem Küchentisch mit einer karierten Wachstuchauflage, schrieb er Buchungssätze und Zahlen-

kolonnen in gestochen scharfer Schönschrift mit Feder-
halter und schwarzer Tinte aus dem Glas. Um seine hochge-
zogenen und mittels eines Gummibandes fixierten Hemds-
ärmel nicht aus Versehen zu verklecksen, was im Übrigen
durch seine Akkuratesse niemals hätte geschehen können,
schützte er sie mit glänzenden Satinärmelschonern in
Dunkelbraun. Wie ein Kanzlist aus dem Bilderbuch saß
er da inmitten der warmen Küche, formvollendet mit Krawatte, und beschrieb konzentriert die Spalten und Seiten
des großen Buches. Immer tipptopp frisiert mit exakt ge-
zogenem Seitenscheitel, an dessen vorderem Ende er sich
zur Auflockerung eine mit Brillantine fixierte kecke Haar-
welle erlaubte. Was Z. allerdings am meisten beeindruckte,
waren seine äußerst gepflegten Hände mit perfekt mani-
kürten und polierten Fingernägeln.

Hielt sie sich in der Küche mit dem ausladenden Herd
auf, musste sie mucksmäuschenstill sitzen und durfte um
Himmels willen den Opa nicht stören. Ebenso unauffällig
hantierte die Oma um den Herd herum. Nur das gelegentliche Knacken des Holzfeuers sowie das Ticken der Uhr
über dem Küchenschrank waren zu hören. Wenn Z. den
Opa bei seinem Tun beobachtete und insgeheim für seine
Schönschrift, die wie gedruckt aussah, bewunderte, gar be-
neidete, war sie versucht zu sagen: Sprich mit mir! Doch
aus gutem Grunde wagte sie es nicht. Einmal hatte sie einen
seiner Ausbrüche gegenüber der vorlauten Tante erlebt,
einen weiteren solchen wollte sie lieber nicht riskieren.

Außer dem, was Z. von ihrem Opa in der Küche mit-
bekam, wusste sie so gut wie nichts von ihm. Er sagte kaum
etwas, legte seine Stirn in tiefe Falten und fragte nur das

Nötigste, wie „Was gibt es zu essen?" Die Enkelin nahm
er wie ein Möbelstück zur Kenntnis, weder grüßte noch
redete er mit ihr. Kinder, noch dazu Mädchen, waren ihm
ein Gräuel. Er hatte drei von der Sorte erwachsen werden
lassen. „Blöde Menscher", nannte er sie.

Was der Opa mit seiner eingefrorenen Haltung nicht
von sich verriet, gab der ‚Bau‘ im Garten zum Teil preis.
Ein schräg wirkendes, niedriges Gebäude in Ockergelb, aus
Ziegelsteinen eingepasst in eine abfallende Geländeforma-
tion. Gegen Westen, zum dort höher gelegenen Hühnerhof hin, erhob sich das Dach samt einem darunterliegenden
langgezogenen Fenster über denselben, sodass die Hühner
ins Innere des ‚Baus‘ schauen konnten. Das wenig steile
Dach nutzte die Hühnerschar gerne als Rastplatz am Nachmittag, um sich darauf zu sonnen. Ab Firsthöhe fiel es etwas
steiler nach Osten ab und schützte durch einen Überstand
die dortige Außenwand mit zwei großzügig bemessenen
Wagnerfenstern, welche genügend Tageslicht in das Innere
des ‚Baus‘ ließen. Die Eingangstür sowie ein kleines Fenster
lagen nach Süden gerichtet. Neben der Tür und unterhalb
des Fensters stand der Hackstock, auf dem Holz gespalten
wurde und ab und zu ein Huhn seinen Kopf verlor. Den
Nordteil schließlich bildete eine geschlossene Wand mit
einem gemauerten Kamin. Z. fiel es schwer, sich den Raum
als solchen vorzustellen, denn sie kannte diesen vom Blick
durch die Fenster bisher nur völlig vollgestopft. Voll mit
Büchern und Papier. Bücherregale oder Tische waren nicht
mehr erkennbar, Buch stapelte sich auf Buch, und nur ein
schmaler Gang war mittig freigeblieben, um vom Eingang
nach hinten zu gelangen.

Z., getrieben von brennender Neugierde, hatte den Schlüssel zum ‚Bau‘, er hing im hinteren Teil des Anbaus bei den Fahrrädern, stibitzt und beschlossen, sich damit am Nachmittag Zugang zum Bücherreservoir zu verschaffen. Fasziniert von dem, was sie erwarten würde, drang sie in diese abgeschlossene Welt des Großvaters ein, begleitet von lautem Gegacker und interessiert beäugt von einer dicht gedrängten Hühnerschar am Fenster oben. Z., eingehüllt von allen Seiten mit Büchern, nahm eines vom nächsten Stapel, pustete den Staub weg und genoss es, in Sven Hedins *Zu Land nach Indien* zu blättern. Es fiel ihr jedoch extrem schwer, sich den Opa mit Hemd, Krawatte und polierten Fingernägeln in diesem Raum vorzustellen. Also, schloss Z. für sich, musste der Opa noch eine unbekannte Seite haben.

Auch das nächste Buch über Vincent van Goghs Leben, mit dem Titel *Sonne ohne Gnade*, musste sie erst von einer Staubschicht befreien, um denselben überhaupt lesen zu können, ebenso den Bildband im Querformat *Märchen der Völker* des Cigaretten-Bilderdienstes – wie auf dem Umschlag geschrieben stand. In dieser schlichten Buchbehausung ruhten mannigfaltige Erzählungen, Geschichten und Literatur aus aller Welt, konserviert unter einer bewahrenden Puderdecke von Raum und Zeit. Der dichte Geruch von Altpapier und hölzernen Bodendielen umgab sie wie eine Wolke, auf ihr schwebte Z. bis zur Nordwand und setzte sich dort auf den einzigen und freien Stuhl mit Armlehnen neben dem Kanonenofen. Wie eine Königin überblickte sie von ihrem Thron aus ihr neu erschlossenes Reich und staunte. In diesem Augenblick herrschte sie über eine Unzahl gebundener Bücher, Taschenbücher, Hefte, Zeitschriften und Briefpapiere jeglicher Couleur. Dieser Moment versetzte Z. in eine abgehobene Stimmung, sie fühlte sich reich und mächtig: „Dies alles ist mir untertänig."

Ihr Empfinden verdeutlichte sie mittels einer weit ausholenden Armbewegung – und die Bücher lagen still, das Papier ruhte geduldig, nichts wagte aufzumucken. Eine Welt des Wissens, angehäuft mit gebündelten Geheimnissen, lag griffbereit vor ihr und wartete darauf, geöffnet und entdeckt zu werden. Die Faszination dieser Vorstellung überwältigte Z. schier. Stundenlang könnte sie so staunend vor sich hin sitzen, um abwechselnd in den Bänden zu blättern, zu lesen, zu sinnieren und zu träumen.

Doch was war das? Eine Geruchskomponente störte das Papieridyll empfindlich. Z. sah sich um, schnüffelte und entdeckte neben dem Ofen auf einem Brennholzstapel einen Aschenbecher mit einer fast zu Ende gerauchten dicken Zigarre. Am abgerauchten Ende hing der weißliche stumpf gerundete Ascherest, welcher noch die filigrane Struktur der dichtgerollten Tabakblätter im Kern erkennen ließ. Die goldbunt bedruckte Bauchbinde in eigenwilliger Form lag wie ein wertvoller Ring, fast so wie der des Polykrates, daneben.

Z. fiel es schwer, diese Entdeckung dem Großvater zuzuordnen oder gar mit ihm in Einklang zu bringen, denn durch jene löste sich ihr bislang spröde geglaubter Opa mit einem Mal in Rauch auf.

„Der alte Mann verspürt Erleichterung, fühlt sich im Einklang mit sich und erklärt sich bereit für Feinstoffliches, ja, für Übersinnliches. Ein faszinierender Traum ist es, der zur Wirklichkeit gerät.“

DER LETZTE TAG

Seit einer Woche, oder sogar länger, zog die Schreibanregung ‚Der letzte Tag‘ durch meine Gedanken. Nicht vordergründig, so nicht, sie war irgendwie latent spürbar. Wie so oft suchte ich nach einer Einbettung in meine nahezu abgeschlossenen Moreno-Geschichten. Doch einige Ideen dazu verzogen sich schmollend in den Hintergrund, als wollten sie signalisieren: Nein, nein, da will ich nicht hin, da bin ich fehl am Platz. Und Ernests letztem Tag bei uns in der Station wollte ich nicht vorgreifen.

„Immer schön der Reihe nach!"

Ich kann eine Schreibanregung nicht – oder kann man doch? – einfach ausknipsen wie das Licht. Sie ist lebendig, führt ein Eigenleben, nährt sich von meinem Gedankenfluss und arbeitet, solchermaßen gestärkt, bohrwurmgleich im Untergrund vor sich hin, bis sie ein Schlupfloch für sich findet.

Dieses Wurmloch zeigte sich in diesem Fall in einem Traum.

Ein Traum übers Schreiben, die Suche nach Worten und über mein Schreibpapier – ja, ich, oder sollte ich korrekter sagen ‚Es‘ schrieb wirklich mit einem Stift auf Papier. Dieses schimmerte elfenbeinfarben im warmen Licht einer unsichtbaren Lampe. Drumherum gab es keine Umgebung. Das Ganze glich, wenn ich mir es recht überlege, einer Theaterszene: Auf der Bühne die Schreibsituation von Papier und Schreibwerkzeug, keine Hand, sondern gerade noch sichtbar den Stift führende Fingerspitzen, angestrahlt von einem Bühnenscheinwerfer, der alles andere ausblendet und den Zuschauerraum in ein mattes Dunkel taucht.

Die Atmosphäre fühlte sich während des Schreibaktes ebenso warm wie angenehm an. Ein goldenes Funkeln lag in der Luft. Auf dem unlinierten Papier sah ich die einzelnen Worte in schwarzer, steiler Schreibschrift mit Streichungen und Ersetzungen ganz deutlich vor mir. Es war nicht meine Handschrift, unbekannt, doch nicht fremd. Das Papier, das kein Geräusch vernehmen ließ, fühlte sich weich, leicht aufgeraut und ‚saugend‘ an. Ja, als ginge eine Sogwirkung von ihm aus in dem Sinne, dass es dem Schreibgerät und den es haltenden Fingerspitzen Zeichen, Buchstaben, Worte und schließlich Sätze aussaugen und sich selbst anverwandeln wollte. Ein Papier, das sich auf diese Art und Weise meiner Gedanken bediente, diese absorbierte und schlussendlich sich selbst mittels einer geheimnisvollen Federführung beschriftete.

Während ich über diesen seltsamen Akt staunte, sog es mir die Worte aus meinen fieberhaft arbeitenden Gedanken. Nur wenige noch, doch diese gefielen mir außerordentlich gut. Immer wieder sah ich sie an, erwog, ob ich nicht lieber statt ‚Himmel‘ ‚Firmament‘ wählen sollte, gab dann doch ‚Himmel‘ den Vorzug. Weiter hegte ich Zweifel am Wort ‚holen‘. Da war die Überlegung, ob ich nicht besser ‚pflücken‘ sagen sollte. Doch auch hier sollte es bei ‚holen‘ bleiben. Verliebt betrachtete ich den Satz in vier Zeilen auf dem hellen Grund und sprach: „Gar nicht übel!“

Sprach ich zu mir? Zum Papier? Oder träumte mir nur, dass ich es ausspräche?

Egal wie, davon erwachte ich schlaftrunken gegen zwei Uhr morgens, musste mal raus. Meine vier Zeilen blieben mir zum Glück erhalten. Ich notierte sie, legte mich wieder unter die warme Bettdecke und schlief augenblicklich ein.

Nach dem Morgenerwachen vergewisserte ich mich sofort der Richtigkeit meiner Traumerinnerung, indem ich mein Notizbuch aufschlug. Es stand krakelig geschrieben:

Der letzte Tag

Lass mich dir
die Sterne vom Himmel holen
und sie dir
zwischen Buchseiten legen.

„Desto lieber treibt er sein Spiel weiter über Länder und Meere hinweg zu fernen Kontinenten. Es steht in völligem Widerspruch zu seinem erklärten Lieblingstitel, angesiedelt in der Mojave-Wüste; Delir und Halluzinationen am Rande von Leben und Tod verpackt mit irren Filmszenen von David Lynch bis Sergio Leone. Das ist seine jetzige Welt."

GAME OVER

Von Nevada aus, dem Glücksspielparadies, durchquerten wir das Death Valley mit der Barker Ranch; Charles Mansons Bande hauste hier und verübte in der Umgebung ihre Massaker; anschließend verloren wir uns in der Weite der Mojave-Wüste.

Mit einem Blick zurück bildete Wurlitzer nur noch ein Häufchen gegen den Horizont. Sie hatte einen schier unerschöpflichen Vorrat an Schallplatten, welche sie in wechselnder Reihenfolge abspielen ließ. Von Beleidigungen, Verwünschungen, Kränkungen, ja, selbst Hasstiraden gegen mich reichte ihr höllisches Jukebox-Repertoire quasi in die Unendlichkeit.

Irgendwann hatte ich den Rand voll und zog den Stecker. Es war genug!

Endlich Stille.

Die Zeit dehnte sich.

Ich atmete tief durch.

Mit dem wenigen noch verbliebenen Wasser wusch ich das Blut von meinen Händen.

Wusch Wurlitzer weg.

Wusch mich rein.

Meine Unbeflecktheit vereinte sich mit Isabella Rosselinis Schönheit. In der flimmernden Hitze schritt sie lasziv als dunkelgelockte Dorothy Vallens auf mich zu, hauchte mir ihren fesselnden Nachtclubsong aus *Blue Velvet* ins Ohr, schlenderte weg vom Set als rätselhafte Perdita Durango aus den Szenen von *Wild at Heart*, ohne sich noch einmal umzudrehen. – Cut!

„Ey, Mann, wach auf, drifte nicht weg!"

Wie von Weitem gräbt sich die fordernde Stimme in mein Gehör, hallt in mir wider und wider, lässt mich kalt. Erst der Fußtritt in meine rechte Seite zwingt mich zum Versuch, die Augen zu öffnen; doch Fehlanzeige, keine Kraft, die verklebten Lider zu bewegen. Dafür entweicht ein Röcheln meinen aufgeworfenen Lippen, was mir prompt einen weiteren Tritt mit der Stiefelspitze, diesmal links, einbringt. Meine Wut wächst, sie schafft es mit derber Energie, dass ich meine Augen aufreiße. Ein bärtiger Mann blickt glitzernden Auges auf mich herab.

„Also lag ich nicht falsch. Du lebst! Zwar kaum, aber immerhin. Schätze, dir fehlt Wasser."

Meine Gedanken fallen rückwärts zu blutigen Händen, wenig Wasser und meinem Sternchen Isabella Rosselini. Ich glaube, zuletzt wandte sie sich als blonde Perdita mit schiefer Perücke von mir ab und verschwand in der Wüste. Also kein Grund mehr für mich, weiter am Leben zu bleiben.

„Ey, Mann, bleib hier!"

Gefolgt von einem Tritt gegen meinen Oberschenkel. Perdita …

„Tauch nicht schon wieder ab, du Blödmann! Bleib!"

Und mit einem gurgelnden Geräusch, ich vernehme es verdammt genau, platschen schwere Tropfen aus einem Beutel in mein Gesicht, auf Mund und Augen. Der Versuch, die verschwollenen Lippen zu öffnen, kostet meine ganze Kraft. Nach einiger Verzögerung wirkt das Nass wie

Schmieröl auf meine Kiefergelenke. Bereitwillig öffnet sich mein Mund gerade so weit, dass Wasser einträpfeln kann, meine dicke Zunge wird benetzt und ein Rest davon befeuchtet den Gaumen. Die Anstrengung ruft Isabella – oder ist es Dorothy Vallens? – aus dem hintersten Winkel meiner Sehnsüchte hervor. Sie sieht mich verzaubert an, als wollte sie mich mit ihrem intensiven Blick umgarnen, dann winkt sie mir mit einem geheimnisvollen Lächeln zu, wendet sich ab, als sollte ich ihrer Spur folgen, und löst sich Schritt für Schritt in der flirrenden Tageshitze auf. Isabella, Dorothy …

Der Typ rüttelt mich gehörig durch. Meint er meinen Körper oder mein Gewissen? Wurlitzer? Ach was. Egal. Weg!

Automatisch öffne ich den Mund. Ich folge seinen Anweisungen und trinke in kleinen Schlucken. Mein Leben tickt spürbar. Ich öffne die Augen, beobachte den Mann bei seinem nun behutsamen Tun. Er ist mir vertraut, kommt mir vage bekannt vor. Oder täusche ich mich? An seiner Zugewandtheit vorbei sehe ich den Mond als milchige Scheibe am scharfblauen Himmel. Verwaschen flüsternd höre ich mich sagen: „Sweetwater …“

„Vorerst genug. Später mehr.“

Er steht auf, geht weg. Elegische, langsam stärker werdende Töne einer Mundharmonika erwachen in meinem Gehör, überfluten mich gänzlich, rütteln an meiner Seele. Vertraute Bekannte aus glücklichen Tagen. Oft und laut gehört. Zahllos verwobene Bilder zaubern diese Klänge aus meinen Tiefen hervor. Prärie, Staub, Revolvermänner, Tod und ein schweigsamer Fremder ohne Namen. Abwartend. Das Gesicht im Hutschatten. Rätselhafter Typ. Mundharmonika. Irre!

Die Erinnerung betäubt meinen schmerzenden Körper, bringt mehr verloren Geglaubtes hervor. Ein Film spult in mir ab, untermalt mit Geräuschen von ächzenden Windrädern, Schüssen, dem Fauchen der dampfenden Eisenbahn und wortkargen Dialogen. Raue Szenen zwischen Hell und Dunkel mit dem Geruch von Anziehung und Verderbnis. Krude Gestalten im Kampf zwischen Gut und Böse. Gier. Rache. Lost World. Und immer wieder Mundharmonika. Großes Kino.

„Perdita?", krächze ich.

Irritiert taucht sie auf, starrt mich an, schüttelt den Kopf und tritt wieder ab. Falscher Film? Egal. Ich will Trost! Doch Claudia Cardinale aus den Bildern schafft es einfach nicht. Nicht mein Typ, zu glatt, zu wenig schräg. Das Filmtheater bleibt dunkel. Ich warte ab. Augenblicklich meldet sich mein geschundener Körper zurück.

„Sergio, komm! Komm wieder! Wo bleibst du? Hilf! Schick mir Sweetwater …!", flehe ich ins zaudernde Nichts. Ich bleibe ungehört.

Die Nacht senkt sich über mich. Mit dem geschwundenen Licht verwandelt sich die Hitze des Tages in empfindliche Kälte. Die erlösende Bilderflut bleibt aus. Eine tiefe Dunkelheit breitet ihren Mantel über mich und die Einsamkeit hält triumphalen Einzug. Meine Lichtspiele – wo sind sie nur geblieben? All die verwegenen Typen im spannenden Spiel zwischen Leben und Tod, begleitet von ‚Mundharmonika' in der Hauptrolle. Weder warten noch sehnen bringt die Gestalten zurück. Wie sagte der geheimnisvolle Fremde im Film noch zum Schluss? „Irgendeiner wartet immer."

Und ich? Bin auch irgendeiner, der wartet. Warte hoffnungsvoll. Doch mein Bühnenvorhang bleibt unten, schwingt zart im Wind. Vorstellung fällt aus. Die Zeit schrumpft. Einzelne langgezogene Töne brechen die Stille, erinnern verschwommen an ‚die Melodie‘. In der Ferne heult ein Kojote. Weitere stimmen ein.

Ist es nun soweit? Dann, auf leisen Sohlen, von hinten, ganz sanft, umarmt mich der lange Schlaf. – Cut!

Wumm! Undefinierbares Rauschen! Ununterbrochenes Prasseln! Gefährlicher Aufruhr bohrt sich in meine Ohren. Meldet sich so die Hölle? Dahin ist's mit meiner Ruhe. Der lange Schlaf perdu. Unwillkürlich suche ich nach Bildern für diese ununterbrochenen Geräusche. Sie muten mich an wie erbitterte Regenschauer. Hah, mein bester Mojave-Witz. Will mich ablenken, um, wie ursprünglich, ohne Störung in meinen Sehnsüchten zu baden. Doch Kälte und Nässe beißen mich wach, setzen mir zu. Nässe? Mit einem Schlag krasse Gegensätze. Kein Entkommen. Keine Chance für frühzeitiges Ableben mangels Wasser. Ein verdammter Orkan zerrt an mir, peitscht mir Wassertiraden um Kopf und Leib, plättet mich windelweich. Kein Traum mehr, sondern absolute Wirklichkeit. Ein echter Starkregensturm im Death Valley. Völlig daneben, fast undenkbar. Irre! Meine Spielernatur wird abrupt durch ein Naturereignis geweckt. Steine und Geröll klickern wie in einem Flipperautomaten durchs Gelände, Felsbrocken gleich abwehrenden Bumpers schießen alles weg, produzieren einen natürlichen Kugelhagel. Unausweichlich. Kein Quatsch. Haltloses fliegt mir um die Ohren, trifft mich. Kein Schutz.

Schreiende Nacht. Der Grund löst sich, die Kruste kippt, rutscht ab. Der Pegel steigt. Mein Körper wird angehoben, droht abwärtszugleiten in eine, wie ich nun sehen kann, reißende Rinne. Bloß nicht! Kein Spiel mehr. Sträube mich dagegen. Längst habe ich mich der Wirklichkeit ergeben, mein Sehnen weggesteckt, den Mund weit geöffnet, das frische Nass geschluckt, die Augen in Bewegung gesetzt und das Unfassbare um mich her wahrgenommen. Ich, ein unverbesserlicher Gambler, Spinner und Träumer, mittendrin in diesem Wüten, abgeschnitten von der Hoffnungslosigkeit meiner zuletzt erlebten Situation. Bequem eingerichtet hatte ich mich bereits darin – und nun? Rausgeworfen aus meinem Film harre ich des Morgens. Game over. – Cut!

Ich zeige wieder Flagge. Halbwegs. Spüre schmerzhaft eingefangene Treffer. Abgetaucht war ich. Wie lange? Ach, egal! Jegliches Zeitgefühl ist mir abhandengekommen. Unwichtig. Ein Spieler, Spinner und Träumer kommt auch ohne klar. Bin zu einem zeitlosen Teil des toten Wüstentales geworden. Tot? Nur oberflächlich. Kann immerhin hören, wie seine Kruste nach dem Guss atmet und arbeitet. Das Sediment knackt und platzt, Sand häufelt sich zu neuen Formen und Mustern. Wo vor Kurzem Steine aufgetürmt lagen, ebnet freie Fläche den Weg für Neues. Keimendes Grün. Bricht sich Bahn. Quillt gierig ans Licht. Wächst und entfaltet seine Schönheit, fast in Zeitraffertempo. Die Sonne knallt auf die Szene. Setzt ungeahnte Mechanismen in Gang. Die Hänge der einrahmenden Bergflanken leuchten farbig, nackter Fels mutiert in Windeseile zu zartgrünem Flausch. Und plötzlich scheint das Gelände in einem surrealen Farbrausch zu explodieren. Ein Blütenteppich in ‚Technicolor‘. Mir stockt der Atem. Unwirklich schön. Ich glaub, ich bin im Film. – Cut!

Kurz nur währt der Zauber. Wie auf Kommando fallen Menschenmassen ein. Gesteuert von Video-, Fotografier- und Selfie-Gier. Zertreten achtlos, was sich aussamen könnte. Zukünftige Blütenteppiche werden heute vernichtet. Ödnis, menschgemacht.

Die Ruhe ruht. Träume zerbrechen am Trubel. Der Spieler passt, zieht sich zurück. Nichts geht mehr! – Cut!

Der alte Mann seufzt zufrieden auf und lehnt sich zurück auf sein Kissen. Aah, in was für eine einnehmende Gesellschaft ist er nur geraten. Wann immer er sie hervorruft, unterhält sie ihn nach Lust und Laune, belebt ihn ständig aufs Neue in wechselnden Figuren und Konstellationen. In einer verwitterten Zeit gerät seine Vergangenheit zum Heute, ebenso seine Zukunft. Wie losgelöste irisierende Schaumblasen auf dem Badewasser trachten seine lebhaften Fantasien danach, sich zu versammeln, sich von ihrer schillerndsten Seite zu präsentieren. Ein grotesker Archipel aus Wortinseln klettet sich an des alten Mannes Aufgeschlossenheit, als trüge er ihn einst mit sich in die blaue Ferne unendlicher Höhen. Noch ist es nicht so weit. Noch ist es sein Glück, still in seiner Kammer zu sitzen.*

* *„Alles Unglück der Menschheit rührt daher, dass die Leute nicht still in ihrer Kammer sitzen bleiben können."* (Blaise Pascal)

Wohin mit all den übriggebliebenen Sehnsüchten, Ideen und Träumen eines gelebten Lebens?

In Worte kleiden, mit Erlebnissen, Fantasien und Abenteuern verschmelzen und dicht gepackt zwischen Buchseiten platzieren. Genau dort fühlen sie sich am besten aufgehoben und harren ihrer Entdeckung.

Silvia Falk lebt und schreibt in ihrer Geburtsstadt Augsburg. Ein Dasein ohne Lesen und Literatur war für sie von klein auf unvorstellbar. Mittlerweile ebenso ein Leben ohne Schreiben.

Bisher erschienen
Debütroman „Unterm Leuchtturm" (BOD, 9/2019)
Roman „Zeitenspiele: Daphnes Verwandlung" (BOD, 12/2021)